ullstein

Das Buch

Nachdem Elfriede Vavrik mit 79 Jahren ihre kleine Buchhandlung aufgegeben hat, fällt ihr daheim schnell die Decke auf den Kopf. Wegen ihrer Schlafstörungen geht sie schließlich zum Arzt, doch der gibt ihr keine Pillen, sondern einen Rat: »Suchen Sie sich lieber einen Mann.« Elfriede Vavrik ist zunächst skeptisch: In ihrem Alter? Eigentlich hatte sie mit Männern abgeschlossen, als sie sich scheiden ließ. Und das ist fast vierzig Jahre her. Mit Hilfe eines Inserats tastet sich die alte Dame ins Liebesleben zurück, zunächst schüchtern, dann immer selbstbewusster: »Mein Körper hat sich verändert, ich fühle anders, denke anders und habe andere Erwartungen. Deshalb liebe ich auch anders. Es macht jetzt viel mehr Spaß als je in meinem Leben.«
Mit charmanter Offenheit und ohne falsche Scham erzählt die Autorin von den Veränderungen des Körpers und der Libido im Alter und beleuchtet dabei auch so manche bisher unbeschriebene Facette der Männerseele.

Die Autorin

Elfriede Vavrik, geboren 1929 und Mutter von drei Söhnen, betrieb bis 2006 eine Buchhandlung in der Nähe von Wien. *Nacktbadestrand* ist ihr Erstling, eine Fortsetzung ist in Planung.

Elfriede Vavrik

Nacktbadestrand

Roman

Ullstein

Besuchen Sie uns im Internet:
www.ullstein-taschenbuch.de

MIX
Papier aus verantwortungsvollen Quellen
FSC® C006701

Lizenzausgabe im Ullstein Taschenbuch
1. Auflage Februar 2011
8. Auflage 2011

Umschlaggestaltung: HildenDesign, München
unter Verwendung einer Vorlage von Rainer Erich Scheichelbauer, Wien
Titelabbildung: © privat
Fotos: Bubu Dujmic (www.dujmic.com)
Schriften: *Astronaut* von Georg Herold-Wildfellner (www.buerofliegenpilz.at),
Plantago von Viktor Solt-Bittner (www.solt-bittner.com)
Premiéra von Thomas Gabriel (www.typejockey.at)
Trixie HD von Erik von Blokland (www.trixiefont.com)
Papier: Pamo Super von Arctic Paper Mochenwangen GmbH
Druck und Bindearbeiten: CPI – Ebner & Spiegel, Ulm
Printed in Germany
ISBN 978-3-548-28297-8

Allen, die sich aufgegeben haben.
Es kommt immer anders, als man denkt.

1

Unter meinem Fenster blühten zwei Kirschbäume. Ich hatte Durst. Es war Mittag, und die Sonne hatte durch einen Spalt zwischen den Vorhängen das Zimmer aufgeheizt. Ich trat mit den verschwitzten Füßen die Decke vom Bett. Dann blieb ich einige Zeit lang liegen und sah auf die Zimmerdecke. Der Durst wurde unerträglich. Ich ging im Schlafrock in die Küche. In dem Schlafrock, den ich seit drei oder vier Tagen nicht abgelegt hatte. Ich verzichtete auf Hausschuhe und Brille. Bevor ich den Schrank öffnete, um ein Glas zu finden, sah ich unscharf, wie sich mein Gesicht in der gläsernen Schranktür spiegelte. Mein weißes Haar war zerrauft wie das einer Hexe. Meine Augen verschwammen mit den Wangen zu geröteten Flecken auf einer blassen Fläche. Ich konnte mich nicht ansehen. Es gab nur noch ein sauberes Glas, es war schmal und geschliffen, das schönste, das ich besaß. Ich drehte den Wasserhahn auf. Mein Mund war trocken. Meine Zunge juckte. Das kalte Wasser rann mir über die Finger, das Glas füllte sich. Ich trank es leer, füllte es wieder und ging zur Balkontür im Wohnzimmer. Im Fensterglas sah ich wieder mein Spiegelbild.

Ich legte zwei Finger zwischen die Lamellen der geschlossenen Jalousie. Draußen saß ein Vogel, sein Gefieder glänzte im Sonnenlicht. Ich schloss die Augen und spreizte die Finger, der Spalt in der Jalousie wurde breiter und wärmer. So stand ich einige Zeit, bis mich die Müdigkeit wieder ins Bett trieb. Im Schlafzimmer schloss ich die Vorhänge ganz. Die Sonne ärgerte mich. Ich hatte seit drei Nächten nicht geschlafen. Niemals hätte ich gedacht, dass nächtliche Schlaflosigkeit zu solcher Müdigkeit tagsüber führt. Nachts ist man zu wach, tagsüber zu müde. Ich fühlte mich nicht wie ein Mensch.

Etwa eine Stunde lang döste ich vor mich hin. Eine Krähe erschien mir im Traum. Ihr Schnabel war breit. Ich stand im Traum auf dem Balkon, und ich lachte laut. Mein Gesicht verzog sich, meine Nase wurde schief, meine Brust schwoll an. In der Hand hielt ich den gebogenen Griff der Schaufel, die ich sonst zum Aufkehren des Balkons verwendete. Das orangefarbene Plastik fühlte sich rau und angenehm an.

Ich erwachte wieder. Das Kissen drückte auf meinen Busen. Ich führte die Hand an meine Scham. Den Zeige- und den Mittelfinger spreizen, um die Jalousie zu öffnen, dachte ich, das wäre was. Es war still. Die Stille weckte mich auf. Ich saß auf dem Bett. Ich sah mich wieder im Fensterglas.

»Hexe«, sagte ich zu mir, »Hexe, ja, aber Hexen sitzen nicht auf dem Bettrand und tun nichts! Sondern sie wissen sich zu helfen! Und wie, ist ihnen egal.«

Ich sprang auf und eilte zur Balkontür. Ich wollte sie öffnen. Der Griff der Schaufel, die draußen am Balkon stand, lockte mich. Aber nein, es war noch Tag. Ich schämte mich, am Tag den Griff abzuschrauben. Ich fühlte die Augen der Nachbarn schon hier in der dunklen Wohnung. Ich schaltete den Fernseher ein, nahm auf dem Sofa Platz. Bunte Bilder wiegten mich in den Halbschlaf.

2

Es war Abend. Der abgeschraubte Griff der Schaufel schimmerte orange in meiner Rechten. Ich befühlte seine sanft geformten Einwölbungen für die Finger, das Loch an seinem Ende, an dem man die Schaufel an einen Haken hängen konnte. Ich legte mich aufs Bett, umschlang die Decke mit den Schenkeln und führte mir das Ende des Schaufelgriffs ein. Es kam mir vor, als wäre ich schon die drei schlaflosen Tage lang feucht gewesen, als hätte sich über die drei Tage so viel Feuchtigkeit in mir angesammelt wie in einem Küchenschwamm, auf den der Wasserhahn tropft.

Ich hatte die Vorteile des Schaufelgriffs bereits in den Wintermonaten entdeckt. Zuerst ließ ich die sanften Wellen über meine Schamlippen gleiten. Dann drang ich tiefer ein, drückte gegen die Scheidenwände, drückte gegen den Gebärmuttermund. Schweiß drang mir aus den Poren. Die Decke duftete heftiger. Ich drückte mit der Handfläche der Linken auf die Klitoris. Wie selbsttätig begannen meine Hände zu beben. Mein Kopf warf sich von links nach rechts, die Wangen versuchten, das Kissen zu durchdringen. Meine Lider waren fast krampfhaft zugedrückt, und auf den Innenseiten der Lider ließ ich Bilder ablaufen.

Ich war wieder im Wald. Dort hinter dem Erziehungsheim, wo ich mit achtzehn zu arbeiten begonnen hatte und vier Jahre geblieben war. Ich ging den Bach entlang. Um mich dufteten Kiefern. Ich kam zu der mir wohlbekannten Stelle, zu der Lichtung. Ich setze mich auf einen Baumstumpf. Das Holz war kühl, ich erkannte, dass ich nur mit meinem Schlafrock bekleidet war. In meiner Hand fühlte ich ein heißes männliches Glied, dessen Besitzer ich nicht wahrnahm. Ich legte es mir an die Wange, spürte seine Wärme. Da sah ich ein mageres neunzehnjähriges Mädchen in einem roten Rock und einer blauen Bluse im Moos vor mir liegen. Das war ich vor sechzig Jahren.

Das Mädchen weinte. Ein Jäger beugte sich über ihren Leib, krempelte ihren Rock hoch, schob ihren Unterrock und die Unterhose zur Seite und drückte mit seiner Brust ihren kleinen Busen. Seine Hand lag in ihrem Schamhaar, er zog seine Hose herunter. Sie weinte weiter, und ich sah sie, sah mich selbst. Da war er schon in ihr und bewegte sich immer schneller. Dem Mädchen tat das weh, aber ich saß auf dem Baumstumpf, und ich wusste schon, was zu tun war. Ich fühlte das heiße Glied von selbst in mir wüten, und ich seufzte laut. Der Jäger flüsterte etwas von Liebe, und das Mädchen weinte und umarmte ihn und drückte ihn an sich. Sie schnappte nach Luft, und er vergrub sein Gesicht zwischen ihrer Schulter und ihrem Hals.

Ich zuckte, und die Decke bebte in meiner Umarmung. Ich atmete tief. Jetzt würde ich schlafen. Aus dem Baumstumpf, auf dem ich auf der Lichtung gesessen hatte, wuchs eine hohe Kiefer. Ich drückte mich an ihren Stamm und an ihre raue Rinde. Das Mädchen, ich vor sechzig Jahren, weinte im Moos. Der Jäger war weggegangen, wahrscheinlich um seine Rehe und Wildschweine zu kontrollieren. Der Unterrock des Mädchens war blutig. Als sie wieder klar denken konnte, blickte sie scheu um sich. Niemand war da. Das beruhigte sie. Sie ging gebückt, teilweise kroch sie auf allen Vieren zum Bach. Sie wusch dort ihren Unterrock. Sie wusch ihre Schenkel. Das Wasser rauschte.

Ich träumte von Rotkäppchen. Ich war das Rotkäppchen, der Jäger war der Wolf. Ich war die Großmutter, die der Wolf gefressen hat, und der Jäger war der Wolf. Ich war der Wolf, den der Jäger ausgeweidet hat. Und ich war der Jäger, der mich, den Wolf, geöffnet hat. Mit zwei Fingern ließ er, ließ ich das Tageslicht in mich herein. Ich küsste mich selbst. Meine Lippen lagen auf meinem eigenen Spiegelbild. Und meine Lippen lagen auf meinen Schamlippen. Ich hatte die Zähne, Messer, den Korb mit Geschenken. Ich hatte das Gewehr, und ich war es, die schoss.

3

Ich erwachte um vier Uhr morgens. Ich fühlte mich immerhin ein wenig ausgeschlafen. Ich wusch alles Geschirr in der Küche ab, das sich im Lauf der Tage angesammelt hatte. Dann kochte ich Tee und taute ein paar Croissants auf. Um sechs Uhr war ich geduscht, angekleidet, und meine Zähne waren geputzt. Ich habe trotz meines Alters immer noch meine eigenen. Die Brille hatte ich nach einigem Suchen unter dem Bett gefunden. Der Fernseher lief. Ich saß auf dem Sofa. Der Schaufelgriff grinste mich an und machte mir ein schlechtes Gewissen.

»Warum sollte ich mich schämen?«, fragte ich ihn.

»Alte Schachtel«, antwortete er.

»Ich mag dich auch nicht«, stellte ich fest.

»Aber ich mag dich dafür«, flüsterte er.

Ich nahm ihn in die Hand und warf ihn weg. Er flog gegen das Fenster, ich erschrak, aber es blieb ganz. Ich sah ins Fernsehprogramm, um festzustellen, was für ein Wochentag gerade war und welches Datum. Es war Dienstag. So konnte es nicht weitergehen. Ich würde mir Schlaftabletten verschreiben lassen.

Im Telefonbuch suchte ich nach Ärzten in Nachbarorten. Ich wollte nicht bei mir in Laxenburg einen Arzt aufsuchen, dem ich später auf der Straße begegnen könnte, denn ich hatte vor, auch meine kleine Affäre mit dem Plastikgriff zu beichten.

Ich fand einen gewissen Dr. Mittermeyer aus Wiener Neudorf, der an Dienstagen schon ab acht Uhr morgens praktizierte. Sein Name gefiel mir. Der würde mir bestimmt Valium oder vielleicht sogar etwas Stärkeres verschreiben. Es war halb sieben, also ließ ich mich eine Stunde lang vom Fernseher mit dem Wetterpanorama unterhalten. Um genau halb acht rief ich den Arzt an und vereinbarte einen Termin für halb neun.

Nachdem ich zur Sicherheit noch einmal die Ordnung meines Haars kontrolliert und Hände und Gesicht eingecremt hatte, machte ich mich auf den Weg. Meine Söhne rieten mir seit Langem davon ab, den Wagen zu benutzen, aber heute fühlte ich mich frisch, jedenfalls frischer als sonst. Und ich wollte beim Fahren etwas wie ein Freiheitsgefühl verspüren.

Wiener Neudorf liegt zwar nicht sehr weit von Laxenburg entfernt, aber ein Ausflug mit dem Automobil war heute etwas so Exklusives für mich wie damals in meiner Jugend. Beim Öffnen der Wagentür lachte ich. Erst als der Zündschlüssel steckte, wurde ich nervös. Sollte ich dem Arzt wirklich alles erzählen? Würde er mich auslachen? Ich kurbelte das Fenster herunter, atmete durch. Es war doch noch etwas kühl, also schloss ich das Fenster wieder.

Das Auto hatte den ganzen Winter über schneebedeckt vor dem Haus gestanden, doch zum Glück ließ es sich ohne Probleme starten. Ich hörte dem Motor zu. Dann legte ich den ersten Gang ein, ließ meinen Fuß von der Bremse gleiten, ging mit dem anderen langsam von der Kupplung, stieg vorsichtig aufs Gas. Der Motor starb ab. Irgendetwas hatte ich falsch gemacht. Ich startete noch einmal. Jetzt ging alles glatt. Autofahren verlernt man doch nicht während eines Winters.

Auf der Wiener Straße schien die tiefe Sonne durch die Pappelallee. Die Bäume warfen unendlich lange Schatten. Glänzender Morgennebel lag über dem Boden. Ich stieg aufs Gas, beschleunigte auf sechzig Stundenkilometer. Es ist doch schön, so außerhalb der Vorhänge zu sein, dachte ich. Der Tag gefiel mir.

4

Im Wartezimmer saßen einige Rentnerinnen, die mich aufmerksam musterten, als ich eintrat. Eine beugte sich vor, stützte sich auf ihren Stock und grüßte wie ein Polizist. Ich lächelte und setzte mich in die Ecke unter die Pendeluhr. Erst nach einigen Minuten setzten die Damen ihr Gespräch über Hüftoperationen, Nierenprobleme und verstorbene Nachbarinnen fort. Jünger wird man nicht, man altert. Man altert, bis man stirbt. Es ist so einfach. Und doch geht man zum Arzt und hofft, um einige Jahre zurück in die Vergangenheit versetzt zu werden, um ein kleines bisschen jünger zu werden, damit die einem vorbestimmte Lebensdauer nicht so bald zu Ende geht. Und was wollte ich? Ich wollte Schlaf. Den ruhigen Schlaf eines Kindes, dem die Mutter leise ein Schlaflied gesungen hat. Eines Kindes, das von einer Mutter vorsichtig gewiegt wird, die sich über den ruhigen Atem ihres Kindes freut. Und ich wollte den Schlaf eines Menschen, der gerade gestorben ist, dem man die Arme gefaltet und die Augen geschlossen hat, der still ist, der nicht mehr stöhnt, der keinen Schmerz mehr fühlt und keine Sorgen.

Die Pendeluhr hinter mir schlug dreimal. Es war viertel vor neun. Eigenartig, dass gerade im Wartezimmer eines Arztes, von dem man den Kampf gegen die Zeit erwartet, die Zeit so gegenwärtig ist, in Form einer so gewaltigen Uhr.

»Frau Vavrik, bitte!«

Etwas unsicher betrat ich die Praxis.

»Bitte, Frau Vavrik, nehmen Sie Platz. Was haben wir denn für ein Problem? Appetitlosigkeit, Unruhe, Schmerzen?«, fragte

Dr. Mittermeyer, wischte seine dicke Brille am weißen Kittel ab und reichte mir gleichzeitig freundlich die Hand.

Ich sah mich vorsichtig in der Praxis um. Dicke grüne Vorhänge hingen an den Fenstern und verströmten die Atmosphäre eines Wohnzimmers aus dem neunzehnten Jahrhundert. Der hölzerne Schreibtisch schien perfekt zu der Pendeluhr aus dem Wartezimmer zu passen. Er war so groß, dass der Doktor dahinter beinahe klein wirkte. Er sah mich aus seinen dunklen Augen erwartungsvoll an.

Ich erinnerte mich an seine Frage und antwortete schnell: »Schlaflosigkeit, Herr Doktor.«

Er murmelte etwas, das ich nicht verstand, weil er sehr schnell sprach und ich es nicht mehr gewohnt war, mit jemandem zu reden.

»Ich bin schon seit Längerem schlaflos, seit ich in Rente bin, seit ich mein Geschäft schließen musste«, erzählte ich weiter.

»Aha, und was war das für ein Geschäft?«, fragte er höflich.

»Ich hatte eine Buch- und Papierhandlung in Mödling, eine große«, sagte ich stolz. Ich wusste, dass er nur nachfragte, um mich zu beruhigen und um mein Vertrauen zu gewinnen.

»Aha, aha, und was tun Sie dagegen?«, fragte er.

»Wogegen?«, erwiderte ich, weil ich Zeit gewinnen musste, um zu überlegen.

»Na, gegen die Schlaflosigkeit natürlich.«

»Nichts. Das heißt ... Doch ... Ich ...«, stotterte ich.

»Wie bitte?«, fragte er lachend, und ich hoffte schon, dass er mich verstanden hatte.

»Ich hätte gern Schlaftabletten!«, rief ich und wunderte mich selbst über meine Lautstärke.

»Aha, aha, haben Sie es schon mit Baldrian versucht?«

Damit machte er meine Hoffnung auf den Schlaf einer Toten zunichte.

»Nein. Baldrian! Ich bin doch keine Katze! Ich habe … Wissen Sie … Ich kann nur schlafen, wenn ich mich anfasse, wenn … Sie verstehen?« Endlich war ich es los.

»Aha, aha«, murmelte er wieder und blickte mich über den Rand seiner Brille an.

»Ist das schlimm?«, fragte ich wie ein kleines Mädchen.

»Aber nein, aber nein, das tun sehr viele Damen Ihres Alters! Prächtig, prächtig … Und Sie hätten gern Tabletten?«

»Ja!«

»Frau Vavrik, ich sage Ihnen jetzt etwas. Ich könnte Ihnen so allerlei verschreiben. Aber! Aber es ist nicht gerade gesund. Sind Sie verheiratet?«

»Witwe.«

»Aha, aha. Und was ist mit Geschlechtsverkehr? Das könnte Ihr Problem beheben und wäre wesentlich gesünder.«

Er hatte leise, aber deutlich gesprochen, jetzt putzte er wieder seine Brille.

»Aber ich bin doch eine Greisin, ich bin achtzig!«, sagte ich fast empört, aber gleichzeitig fühlte ich meine Hände zittern. Ich verschränkte die Finger ineinander. Er lachte. Hinter seinem Schreibtisch wirkte er nun fast wie ein netter Märchenonkel.

»Frau Vavrik, damit wir uns recht verstehen: Ich habe durchaus Erfahrung mit Patientinnen wie Ihnen. Ich möchte Ihnen aber nicht zu nahe treten. Natürlich sind Sie nicht mehr die Jüngste. Aber es gibt Männer, denen sexueller Kontakt mit Damen Ihres Alters gefällt. Haha. Ich gehöre nicht dazu. Aber! Aber wenn Sie sich, nun, fähig fühlen, würde ich Ihnen durchaus empfehlen …«

Ich ließ ihn nicht ausreden.

»Und wo soll ich bitteschön einen Mann finden?«

»Wir machen es so, Frau Vavrik. Ich verschreibe Ihnen Baldriantropfen. Vor dem Schlafengehen immer fünf. Das ist ganz harmlos, rein pflanzlich. Wir werden sehen. Vielleicht hilft das. Wenn nicht – die Tabletten laufen uns schon nicht davon, nicht wahr? Aber überlegen Sie es sich mit den Männern. Sie könnten ja eine Kontaktanzeige aufgeben! Gut?«

»Gut«, atmete ich aus.

»Ausgezeichnet. Und nichts übereilen, hat meine Mutter selig immer gesagt«, lachte er väterlich. Dabei reichte er mir das Rezept und gab mir gleichzeitig die Hand.

Ich nahm das Rezept entgegen, drückte seine Hand und wollte etwas zum Abschied sagen, aber die Stimme blieb mir in der Kehle stecken. Also lächelte ich nur verlegen.

5

Tags darauf besorgte ich mir die Baldriantropfen. Sie halfen überhaupt nicht. Am Wochenende fühlte ich mich wieder völlig verwahrlost und müde. Es war unausweichlich, dass sich der orangefarbene Schaufelgriff wieder in einen Penis ohne Mann verwandelte. Aber während ich mich selbst zu befriedigen versuchte, kamen mir unangenehme Gedanken. Schon vierzig Jahre lang war kein Mann mehr in mir gewesen. Und noch viel länger war es her, dass mich ein Mann befriedigen konnte. Ich lag im Bett, meine Hand vergaß, den Plastikdildo zu führen. Ich nahm ihn heraus und setzte mich auf den Bettrand. Gedankenverloren steckte ich den Griff in den Mund und kostete meinen eigenen Geschmack. Aber meine Zunge schmeckte etwas anderes. Ich steckte mir das Plastik tiefer in den Mund, bis es nicht mehr ging und ich zu würgen begann. Dann warf ich es fort und ließ mich in die Kissen fallen.

Ich war nie auffallend hübsch gewesen und hatte mich manchmal sogar hässlich gefunden. In meiner Jugend war ich sehr mager gewesen, Brüste hatte ich keine gehabt und auch keinen Hintern. Mein erster Mann hatte sich nie um mich gekümmert. Mein zweiter Mann war Alkoholiker gewesen. Beide sind schon lange tot.

Mein erster Mann war ein erbärmlicher Liebhaber, plump, schnell und grob. Wenn mein zweiter Mann mit mir schlief, wurde mir immer schlecht. Er stank nach Alkohol, und er pflegte sich überhaupt nicht. Ich sagte ihm einmal, dass er sich eine Affäre suchen solle, weil ich nicht mehr konnte. Außerdem hatte ich immer einen Pilz von ihm. Und mir war es schon peinlich, immerfort zum Frauenarzt zu gehen. Was der wohl von mir dachte! Ich kaufte mir selbst Salben, immer in einer anderen Apotheke, damit niemand Verdacht schöpfte. Wenn er auf mir lag und in mir herumfuhr, hoffte ich immer, dass es bald vorbei sein würde und ich mich mit meiner Salbe ins Badezimmer verkriechen konnte, wenn er eingeschlafen war.

Einmal hat er mich auch im Badezimmer überfallen. Und was blieb mir anderes übrig, als ihn machen zu lassen? Dabei war das Badezimmer immer mein Versteck gewesen. Mein Badezimmer und mein Buchgeschäft. Nach diesem Vorfall habe ich die Badezimmertür immer abgeschlossen. Aber er war wie ein Kind. Er klopfte und drängelte. Wenn er nüchtern war, hatte ich ihn noch einigermaßen unter Kontrolle. Er starb kurz nach unserer Scheidung.

Aber jetzt saß ich auf dem Bettrand, in Erinnerungen versunken. Erinnerungen sind oftmals anders als das Erlebte, manchmal sogar das Gegenteil. Zwar hatte ich den Schaufelgriff weggeworfen, als Bilder meines zweiten Mannes aufgetaucht waren. Aber dann sah ich das Badezimmer in Mödling wieder. Wie ich dort im Nachthemd mein Gesicht wusch, wie er die Tür öffnete und schrie und fluchte. Wie er am folgenden Morgen weinte, als er nüchtern war, weil ich ihm den Kaffee nicht gekocht hatte. Und ich sah, wie ich übers Waschbecken gebeugt die Beine spreizte, um möglichst viel Platz zu machen. Ich sah, wie mein Mund sich öffnete, als er näher an mich herangetreten war, weil meine trockenen Schamlippen brannten wie die Hölle.

Ich stand vom Bettrand in meinem Laxenburger Schlafzimmer auf, hob den verhassten Schaufelgriff auf, ging ins Badezimmer, beugte mich über das Waschbecken und spielte die Szene so nach, wie sie hätte sein können. Schließlich lag ich mit dem Bauch auf dem Wannenrand, ein Bein in der Wanne, das andere auf den Kacheln unter dem Waschbecken. Am nächsten Morgen hatte ich blaue Flecken. Die Haut einer alten Frau ist empfindlicher als die eines Mädchens. Ich stand nackt vor dem Spiegel im Wohnzimmer und sah mich an. Eigentlich war ich gar nicht so hässlich. Meine Brüste waren jetzt viel größer als damals. Trotzdem hingen sie nicht. Die Haut auf meinen Armen hing, aber die auf meinem Bauch war noch erstaunlich straff. Ich leckte mir über einen blauen Fleck auf dem Oberarm. Jetzt war ich schön.

Ich wollte nicht in die Vergangenheit zurückkehren. Ich wollte jetzt, jetzt nachholen, was mir in den vergangenen vierzig Jahren entgangen war, in den vierzig Jahren nach meiner Scheidung und dem Tod meines zweiten Mannes, in denen ich gar nichts wollte, in denen ich genug von allem zu haben glaubte, in denen ich für meine Buchhandlung und meine Söhne lebte, in diesen vierzig Jahren ohne Sex.

6

Am Wochenende fühlte ich mich relativ frisch. Ich machte mich schön, ging spazieren. Ein Kaffee im Espresso am Laxenburger Hauptplatz. Eine kleine Unterhaltung mit einer Dame vom Nachbartisch. Über das Wetter. Dann fand ich mich auf dem Platz vor dem Schloss wieder. Ich stand vor der Pfarrkirche. Ihre Vorderseite wölbte sich wie eine Woge im Meer. Der Turm war eine startende Rakete. Ich sah beinahe den Feuerschweif. Ich musste die Kirche betreten. Das Weihwasser benutzte ich nicht, aber ich nickte ehrfürchtig zum Altar hin. Ich begrüßte Gott. Vielleicht, dachte ich, wohnt er doch eher hier im Altarbild als bei mir zu Hause.

Ich stand unter der Flachkuppel. In ihrer Mitte der Heilige Geist. Rundherum, auf den Rändern, verschiedene Heilige. Oder wir Menschen? Ich versuchte in die Gesichter der oben abgebildeten Leute zu sehen, die Kirche begann sich zu drehen, mir wurde schwindlig. Neben mir sah ich auf einem Bild die Flucht des Volkes Israel aus Ägypten. Unendliche Züge von Menschen, die besorgt durch die Wüste ziehen und durch das Meer. Nur Moses hat einen sicheren Blick. Und dennoch tanzen sie. Die Sorge weicht nicht aus ihren Gesichtern, aber die Körper tanzen, Musik erklingt, Pfeifen vielleicht, auf jeden Fall Trommeln, kleine Tamburine und Glöckchen. Sie ziehen fort, und irgendwo in grünen Tälern werden sie Schafe und Kamele züchten.

Ich setzte mich auf eine Bank, sah das Kruzifix, atmete die kühle Luft. Draußen war es warm, man schwitzte draußen. Hier war es ruhig und kühl.

Die Züge der Menschen auf dem Bild wanderten weiter.

Ich war schon lang nicht mehr in einer Kirche gewesen. Dabei war ich katholisch erzogen worden. Ich dachte ... Was dachte ich eigentlich? Irgendeine Ordnung, dachte ich, gibt es. Und jetzt sah ich die Ordnung mit den Augen: Es war kein Zufall, dass das Volk Moses folgte, es war kein Zufall, dass es durch das Meer ging. Es war kein Zufall, dass hier eine Kirche stand. Das alles war die Folge einer höheren Ordnung. Aber die Ordnung war wild: Die Säulen waren geschwungen, und das Gold glänzte. Ich saß noch lang so da, vielleicht schlummerte ich etwas ein. Im Schlaf betete ich vielleicht.

Ich wollte aus meiner Gefangenschaft fliehen. Der Arzt hatte mir erklärt, dass das auch in Ordnung sei. Er hatte recht, er musste recht haben, dachte ich. Ich werde mir einen Mann suchen, dachte ich.

Ich ging im Schlosspark spazieren. Die Pappeln und eine große Eiche bewegten leise ihre Blätter. Auf den Wegen spazierten eingehängt alte Paare. Ich setzte mich auf eine Bank beim kleinen, runden Concordiatempel, der mir schon immer ein besonderes Gefühl der Ruhe vermittelt hatte, und ich blieb bis in den späten Nachmittag dort. Nach Hause war es von hier doch recht weit, und meine Beine taten schon etwas weh. Ich ruhte mich also aus und musterte dabei die paar Männer, die sich hierher verirrt hatten.

Es war eigenartig, dass mir kein Einziger gefiel, obwohl ich mich sehr bemühte, empfänglich dafür zu sein. Ich dachte über die Ordnung in der Kirche nach, verglich sie mit derjenigen der Bäume und der Wege und der Paare hier im Park. Ich könnte etwas darüber schreiben, dachte ich. Ich hatte schon immer gern geschrieben, mit dem Gedanken an eine Veröffentlichung im Hinterkopf, ohne es aber je versucht zu haben. Aber wenn ich nun ans Schreiben dachte, fielen mir nur erotische Geschichten ein. Ich konnte kaum an etwas anderes denken als an schwitzende, sich aneinander reibende Körper. Den männlichen Körpern fehlte dabei meistens das Gesicht. Manchmal hatte einer ein Auge, wenn man genau hinsah. Das war dann ein einzelnes blaues Auge mit dunklen Wimpern unter einer dichten Braue, auf einer Fläche leerer Haut.

Zu Hause betrachtete ich den Schaufelgriff. Er schwieg. Mir war langweilig. Also begann ich von einem sich liebenden Paar zu träumen, holte mir etwas zu schreiben und füllte zwei Blätter Papier mit meinen Gedanken. Dann schaltete ich den Fernseher ein, saß auf dem Sofa, und vor mir lagen ein noch leerer Zettel und ein Stift.

Nach dem ersten Film – es war ein Ärztefilm, in dem der Arzt seine Sprechstundenhilfe liebte, sie aber seinen Sohn – nahm ich den Kugelschreiber.

Elegante Dame, 79, sucht einen Mann für erotische Augenblicke.

Jung gebliebene Frau, 79, sucht einen Mann für Beischlaf.

Männer, keine Angst, ich, 79, beiße nicht!

Ich zerriss das Papier. Mein Plastikgriff lachte mich aus: »Du hast nur mich! Ich verlasse dich nie! Siehst du das Loch, an dem man mich aufhängen kann? Das ist das blaue Auge, in das du so gern blickst!«

Ich ließ den Fernseher laufen und schlief bei einer Musiksendung ein. In der Nacht weckte mich Werbung für Telefonsex. Mit siebzig fängt das Leben erst an, schrie dort eine weißhaarige Frau auf allen Vieren. Im nächsten Spot stand eine verwahrloste Langhaarige vor einem Pissoir und lockte Männer an. Ich ekelte mich, machte hastig den Fernseher aus, zog mich um, ging ins Bett und wartete dort im Halbschlaf auf den Morgen.

7

Am Montag raffte ich mich auf und kaufte in der Stadt die aktuelle Ausgabe des Inseratenblattes »Bazar«. Zu Hause blätterte ich die Anzeigen durch und lachte ein wenig über die Formulierungen. Ich machte mir keine Gedanken mehr. Ich war fest entschlossen, eine Anzeige zu schalten. Also wählte ich die Nummer, die auf der ersten Seite angeführt war, und wartete. Eine junge weibliche Stimme meldete sich. Alles ging sehr schnell. Ich diktierte der Telefonistin aus dem Gedächtnis den Text, den ich mir schließlich zurechtgelegt hatte. Er war etwas überlang, also kürzte ich ihn ein wenig. Statt »sucht einen freundlichen Mann jeden Alters« entschloss ich mich für »sucht einen jüngeren Mann«. Dann strich ich noch das unnötige Wort »romantisch«, das sich irgendwie eingeschlichen hatte.

Das nette Mädchen am anderen Ende der Leitung empfahl mir, mein Alter um zehn Jahre nach unten zu korrigieren. Ich befolgte diesen Rat, weil ich befürchtete, dass sich sonst kaum jemand melden würde. Schließlich teilte sie mir eine Nummer und ein Postfach zu. Ich sollte auf Antworten auf dem Postweg warten. Es war erledigt. Ich wartete.

Jeden Tag kontrollierte ich den Briefkasten zweimal. Ich kam mir wie ein junges Mädchen vor, dem der Geliebte einen Liebesbrief angekündigt hat.

Als ich jung war, wohnte ich in Wien Margareten in der russischen Besatzungszone. Ich war die jüngste von drei Schwestern. Mein Vater starb, als ich vier Jahre alt war, und unsere Mutter war sehr streng. Sie erklärte uns, dass die Kinder von selbst der Ehe entsprängen, dass sie von Gott kämen, die Heilige Jungfrau Maria habe nicht einmal einen Mann dafür gebraucht.

Meine älteren Schwestern waren recht hübsch, aber ich sah wie ein dürrer bartloser Knabe aus. Die Regel bekam ich erst mit achtzehn, viel zu spät, und ich dachte, dass das eine Krankheit sei, eine womöglich sogar tödliche.

Die Jungs mochten mich trotz allem, ich hatte sogar ein paar richtige Bewunderer. Ich glaube, es lag daran, dass ich auch wie ein Junge war. Vielleicht mochten sie es, wie ich mit ihnen umging. Ich hatte überhaupt kein Verlangen nach ihnen, und folglich zeigte ich auch überhaupt kein weibliches Interesse. Für manche jungen Männer war das wohl erregend.

Einer mochte mich besonders, und ich unterhielt mich gern mit ihm. Wir kannten uns von einer Tanzveranstaltung. Er wollte mich ins Kino einladen, aber meine Mutter erlaubte das nicht. Manchmal wartete er vor der Erzieherinnenschule, die ich damals besuchte, um mich nach Hause zu begleiten.

Einmal kamen wir um viertel vor sieben vor unserem Haustor an. Um sieben musste ich daheim sein, keine Minute später, also hatten wir eine ganze Viertelstunde Zeit. Wir unterhielten uns über das Wetter und die Berufsaussichten. Zwei Minuten nach sieben öffnete sich das Haustor, meine Mutter kam heraus und gab mir vor seinen Augen eine schallende Ohrfeige.

Danach ging ich ihm aus Scham aus dem Weg. Nachdem er einige Male vergeblich auf mich gewartet hatte, gab er es auf. Er studierte Pharmazie und wollte Apotheker werden. Er war ein paar Jahre älter als ich. Ich weiß nicht, was aus ihm wurde. Wahrscheinlich ist er längst gestorben.

Wenn er mir damals geschrieben hätte, hätte meine Mutter wahrscheinlich den Brief geöffnet. Er hat es aber wohl nicht getan. Ich erwartete das auch nicht von ihm. Aber jetzt, nachdem ich die Anzeige aufgegeben hatte, jetzt, da ich niemanden kannte, der mich von irgendwo abholen, keinen, der mit mir zur Nachmittagsvorstellung ins Kino gehen könnte, jetzt hoffte ich auf einen Liebesbrief.

8

Nach einer Woche etwa kam tatsächlich eine Antwort, am Tag darauf waren schon zwei Kuverts im Briefkasten, und es folgte ein ganzer Stoß. Ich konnte es kaum glauben, so begehrt zu sein. Allerdings waren die meisten Briefe für die Erfüllung meiner Wünsche gelinde gesagt denkbar unbrauchbar.

Das erste Schreiben, das bei mir ankam, war auf einem lieblos aus einem Schulheft herausgerissenen Blatt verfasst. Die Schrift allein zeugte von einem schlechten Geschmack, der Inhalt tat es noch mehr.

»Ich fick dich in den Arsch, du Hure! Sieh dir nur meinen Monsterschwanz an! Ich mache deine Falten glatt!«

Ein Bild des »Monsterschwanzes« lag bei. Er war wirklich von beachtlicher Größe, aber die Rötungen auf der Eichel waren weniger einladend. Diesen Brief warf ich weg. Ein anderer Absender war offenbar bereit, mich für meine Liebesdienste zu bezahlen. Er machte auch gleich einige Vorschläge. Sollte ich mich geschmeichelt fühlen? Ich tat es nicht.

Rührend fand ich das etwas unbeholfene Schreiben eines Siebzehnjährigen. Er rühmte sich selbst seiner üppigen sexuellen Erfahrung und versprach mir mit den blumigsten Worten die beste und allumfassendste Befriedigung, die ich je erlebt hätte. Zwischen den Zeilen klang für mein Gefühl aber ziemlich klar ein leiser Jammer darüber durch, dass ihm die Liebe seiner Altersgenossinnen fehlte. Seine Telefonnummer stand auch dabei. Also rief ich ihn an. Ich wollte ihm meine Absage möglichst einfühlsam beibringen.

Er meinte, dass er es einfach nur gerne mit einer reiferen Frau ausprobieren würde. Er war noch im Stimmbruch, schien mir. Vielleicht hatte er sein Alter ebenfalls korrigiert, allerdings um ein paar Jahre nach oben.

Ich redete ihm gut zu, dass er bestimmt ein Mädchen finden werde, eins in seinem Alter. Ich erklärte ihm, dass es nicht so sehr auf die körperliche Liebe ankomme, dass alles seine Zeit brauche, dass er bestimmt glücklich werden würde.

Ich kam mir etwas seltsam dabei vor. Ich, die ich ja gerade auf körperliche Liebe aus war, in meinem Alter noch dazu, mit meiner dürftigen Erfahrung, ich, die ich dem jungen Burschen als Vorbild dienen sollte, ich wollte ihm weismachen, dass es auf die Dinge, die auch ich suchte, gar nicht ankam. Aber egal, worauf es ankam. So einen kleinen Jungen hätte ich nicht geschafft. Das wäre wirklich zu viel des Guten gewesen.

Ich ging weiter aufmerksam die Briefe durch, las jeden einzelnen wieder und wieder. Bevor ich ein zweites Mal zum Telefon griff, legte ich mich mit den verschiedenen Schreiben ins Bett und erneuerte meine Freundschaft mit dem Schaufelgriff.

Einer hatte genau dargelegt, was er mit mir machen wollte. Ich war ziemlich verwundert: Auf einem Friedhof wolle er mich ausziehen, schrieb er, und mich mit siebzehn Kerzen beleuchten, in einem Rabenschwarm wolle er auf mich niedersinken, in einer Katermaske aus Latex und mit einer Peitsche aus Katzendärmen und so weiter. Er schien eine merkwürdige Katzenfixierung zu haben, ich fand ihn aber dennoch interessant. Am Telefon stellte sich heraus, dass er ein Mann meines Alters war, der naturgemäß mit Potenzproblemen zu kämpfen hatte. Das gestand er mir offenherzig. Er hatte vor, seine Phantasien rein verbal auszuleben und ansonsten möglichst bei Vollmond händchenhaltend über Parkwege an Rosenhecken vorbei spazieren zu gehen. Diese möchtegernromantischen Spazierereivorstellungen fand ich richtig unappetitlich. Ich legte auf, als er mit seiner zittrigen Stimme von Vergissmeinnicht und Gänseblümchen zu schwafeln begann.

Dann wandte ich mich wieder den Briefen zu. Endlich öffnete ich ein Kuvert, dessen Inhalt meinen Vorstellungen entsprach. Der Verfasser – er hieß Josef Werther und wohnte in Schwechat – sagte in wenigen Zeilen, dass er meine Wünsche verstehe, dass er zu seinen eigenen Vorzügen nichts zu sagen wisse und dass ich anhand des beiliegenden Fotos entscheiden solle, ob er für mich infrage käme oder nicht.

Auf dem Bild war ein kräftiger Mann um die vierzig mit dichtem Haar, einem buschigen Schnurrbart und ebenso buschigen Augenbrauen zu sehen, der einen eleganten Anzug trug.

Ich rief ihn an. Seine Stimme war tief und sympathisch, und er sprach ohne Dialekt. Das gefiel mir, und wir vereinbarten ein Treffen in dem Espresso bei mir in Laxenburg.

9

Zur festgesetzten Zeit saß ich auf einer rot gepolsterten Bank vor einer Melange und rührte im Milchschaum. Ich war etwas überpünktlich und hatte vor, jedenfalls nicht länger als zwanzig Minuten zu warten. Im Licht der runden Milchglaslampen saß eine Gruppe von Rentnerinnen vor Tellern mit verschiedenen bunten Torten. Die weiß-blau gestreiften Schürzen der Kellnerinnen bildeten einen starken Kontrast zu dem roten Hintergrund. Ich kontrollierte die Knöpfe meiner grünen Filzweste. Alles in Ordnung. Einige Jugendliche betraten das Café, bestellten Cola, sprachen über Schulnoten, machten Witze über Genitalien, beschimpften sich hin und wieder gegenseitig, gerade so laut, dass niemand es für nötig hielt, sie des Lokals zu verweisen. Ein dicker Mann mit Glatze, der mir erst jetzt auffiel, schlürfte am Tischchen in der hintersten Ecke bei den Toiletten sein Rotweinglas leer, stand auf, ging auf mich zu und bestellte im Gehen mit einem Wink zwei weitere Gläser Wein. Er setzte sich neben mich auf die Bank:

»Hallo, ich bin der Josef.«

Ich betrachtete ihn von oben bis unten. Er trug einen nicht gerade sauberen, dunkelblauen Trainingsanzug, der ihm viel zu weit war und seinen Bauch trotzdem nicht verbergen konnte. Dazu alte weiße Sportschuhe. Seine hellblauen Augen waren gerötet und geschwollen, und er hatte eine Knollennase.

Ich vergaß vor Enttäuschung ganz darauf, ihn zu begrüßen. »Auf dem Bild hatten Sie noch viel mehr Haare«, sagte ich wohl ein bisschen zu direkt.

Er ließ sich nicht aus der Fassung bringen.

»Wollen wir nicht per Du sein? Ich heiße Josef …«

»Gut. Elfriede. Grüß Gott«, seufzte ich.

»Sei nicht traurig über mein Aussehen«, sagte er und lächelte. »Ich bin sicher, dass wir Spaß haben werden.«

»Ja«, seufzte ich.

»Du hast es schön hier in Laxenburg, nicht so viele Flugzeuge, stattdessen ein Schloss!«, versuchte er ein Gespräch zu beginnen, aber da brachte die Kellnerin den Wein, den ich nicht wollte. Josef lachte. Er sagte der Kellnerin, dass alles in Ordnung sei und dass sie die Gläser da lassen könne.

»Ich trinke fast nie Alkohol«, erzählte ich. »Nur manchmal am Abend einen Schluck oder an Feiertagen in Gesellschaft ein Gläschen Sekt.«

»Ich trinke sonst auch nicht, aber heute bin ich etwas nervös, nur ein kleines bisschen natürlich«, meinte er.

»Wäre ich auch an deiner Stelle. Du bist ja mindestens zwanzig Jahre älter als auf dem Bild, das du geschickt hast.«

»Naja, ich bin fünfundfünfzig. Und du bist wirklich schon neunundsechzig? Du siehst jünger aus!«

»Ha! Danke. Ich habe auch geschwindelt, ich bin neunundsiebzig«, gab ich lachend zu.

»Na bitte, jeder macht sich doch irgendwie jünger.«

Er war zumindest nicht unsympathisch, und meine Laune besserte sich langsam.

»Ja, die Leute schminken sich. Und jetzt gibt es Schönheitsoperationen und all das«, sagte ich.

»Bei dir ist es nicht die Schminke«, sagte er. »Du siehst ja wirklich jünger aus.«

»Danke.«

»Die Politiker schminken sich auch«, spann er das Gespräch weiter. »Alles nur Masken.«

Also begannen wir über die Politik zu diskutieren. Tatsächlich waren wir in einigen Punkten ganz einer Meinung. Das hatte ich nicht erwartet. Ich ließ mich überreden, doch mit ihm anzustoßen. Ich fand ihn jetzt richtig nett. Mit ihm ins Bett wollte ich aber nicht. Ich versuchte es ihm anzudeuten, aber die Andeutungen waren wohl nicht klar genug. Sie waren in Komplimente verpackt, und er hörte anscheinend nur, was er hören wollte.

Als unsere Diskussion bei den Problemen des Versicherungssystems angekommen war, leerte er mit einem Schluck sein Glas und sah mich mit seinen geröteten Hundeaugen ernst an. Mit einem Mal hielt er meine Hand fest.

»Du, Josef …«, wollte ich ihm noch einmal und diesmal deutlicher meinen Standpunkt darlegen, aber er ließ mich nicht.

»Elfriede«, hauchte er, »Du bist eine wundervolle Frau!«

Ich wollte lachen. Aber da rückte er näher, drückte meinen Oberschenkel mit den Fingern. Ich rutschte weg. Er griff mir zwischen die Beine.

Ich sah, wie sich in der Gruppe von Jugendlichen ein Mädchen mit blond gefärbten Haaren und blauem Lidschatten über uns wunderte. Ohne uns aus den Augen zu lassen, zupfte sie am Hemdärmel ihres Sitznachbarn. Der dachte, er solle sie küssen, bewegte seinen Mund zu ihrem Hals, aber sie schüttelte den Kopf und deutete auf uns. Er lachte laut auf. Das Mädchen kicherte. Ein anderes Mädchen schaute angewidert.

Ich nahm Josefs Hand, drückte sie weg. Er nahm meine Hand, zog sie zu sich, drückte sie auf seinen steifen Penis.

Und das alles im Kaffeehaus bei mir an der Ecke.

Ich schämte mich, wollte nicht laut werden. Ich rief nach der Kellnerin, um zu zahlen. Da gab er Ruhe.

Wir verließen das Kaffeehaus. Es war früher Nachmittag.

»Wir sollten doch lieber per Sie bleiben«, sagte ich.

»Tut mir leid, wenn es dir unangenehm war, Elfriede, das wird nicht wieder vorkommen. Ich hatte so ein Gefühl, dass du das wolltest. Gehen wir noch ein wenig spazieren? Die Unterhaltung mit dir war so interessant«, sagte er ganz ruhig.

Es störte mich, dass er nicht auf meinen Vorschlag einging. Ich verzieh ihm aber, und nachdem ich mich zuerst noch ein bisschen geziert hatte, gingen wir in den Schlosspark. Er bot mir den Arm an, aber ich lehnte ab, auch wenn es meinen müden Beinen bestimmt gutgetan hätte.

Ich rede gern über Politik, auch wenn ich mich nicht besonders gut damit auskenne, jedenfalls nicht so gut, wie man sollte. Er hingegen kannte sich sehr gut aus, obwohl er nicht besonders gebildet war. Soweit ich ihn verstand, war er ein Facharbeiter in Frührente. In Sachen Politik schien er mir ziemlich einfühlsam zu sein. Er verstand die Anliegen der Rentner, der Arbeiter, der Ausländer, der Unternehmer. Und er rechnete vor, wie man die Situation der jeweiligen Gruppe verbessern könnte, welche Steuern man erhöhen, welche abschaffen sollte. Das waren dann doch etwas viele Zahlen für mein Verständnis, aber ich ließ ihn reden, war froh, dass er ein Thema hatte, über das zu reden ihn freute. Und ich teilte seine Freude.

Wir spazierten am Grünen Lusthaus vorbei.

»Möchtest du nicht einen schmaleren Weg einschlagen?«, fragte er.

»Eigentlich nicht«, antwortete ich.

Wir gingen weiter. Einige Enten flogen knapp über die Baumwipfel hinweg. Er kratzte sich am Kopf, zupfte an seinem Trainingsanzug.

»Was ist denn?«, fragte ich.

»Nichts. Es ist schön hier«, sagte er und blickte sich um.

Hinter uns beim Lusthaus stand eine Gruppe Touristen. Sie waren so weit weg, dass wir ihre Stimmen kaum hören konnten. Josef legte mir schwer die rechte Hand auf die Schulter. Ich blieb stehen. Da zog er mit seiner Linken sein hartes Geschlechtsteil aus der Hose. Es war groß, und es drückte gegen seinen haarigen Bauch.

»Blasen! Jetzt! Komm schon!«, rief er und nahm seine Rechte von meiner Schulter, fuhr mir ins Haar und zog daran.

»Mach schon, oder ich mach es dir hier im Gebüsch!«

Seine Stimme klang grob, er zog mich fester am Haar. Ich sah mich schon in den Brennnesseln liegen und fühlte schon, wie mir meine Brille auf der Nase brach.

»Hör auf!«, sagte ich leise, aber bestimmt.

»Dann nimm ihn doch zumindest in die Hand, du alte Hure«, flüsterte er.

»Nein.«

Er ließ mich los, packte seinen Schwanz ein.

»Entschuldige«, sagte er. »Ich dachte … Du hast mich so angesehen, und ich dachte, du willst es.«

»Aber Hure musst du mich nicht nennen«, warf ich ihm vor.

»Tut mir leid, ich dachte, du willst das so.«

Er sah beschämt zu Boden, wie ein Kind.

»Gehen wir nach Hause. Wir können ja noch telefonieren, wenn du magst. Gehen wir«, sagte ich.

Ich begleitete ihn zu seinem Auto. Zum Abschied gab er mir die Hand.

Dem nächsten Mann sage ich es gleich, wenn er mir nicht gefällt, war mein erster Gedanke, als Josef weg war.

Mein zweiter war, dass ich irgendwann einmal gerne ein Glied in den Mund nehmen würde. Das hatte ich bisher nur mit meinem Schaufelgriff probiert.

Beim Masseur

Der Masseur erwartet mich schon. Er bittet mich, abzulegen und auf dem Massagetisch Platz zu nehmen. Ich entspanne mich. Es ist angenehm warm im Raum. Er legt mir ein leichtes Tuch über den Körper. Nur die Körperteile, die massiert werden sollen, bleiben frei.

Er beginnt mit meinen Beinen. Der Druck seiner warmen Hände ist wunderbar. Jede einzelne Zehe massiert er mit seinen Fingern. Sanft streicht er mit seinen Händen die Unterschenkel entlang bis zum Knie, immer wieder von unten nach oben und von oben nach unten. Langsam, aber unaufhaltsam wandern seine Hände ab und zu an den Innenseiten der Oberschenkel hinauf. Wenn er mit seinen warmen Fingern zu weit nach oben kommt, zucke ich zurück. Sofort sind seine Hände dann wieder bei meinen Knien. Aber sie kehren zurück. Immer wieder.

Ob er ahnt, was für ein Gefühl er in mir auslöst? Am liebsten würde ich mich sofort auf den Rücken legen und die Beine öffnen. Meine Beine sind glatt, die Haut ist straff. Die gepolsterte Oberfläche des Tisches drückt auf meine kleinen festen Brüste. Ich fühle meinen Puls, meine rasierte Muschi ist jetzt feucht. Ich will seine Hand in mir spüren und hebe ihm leicht meinen Hintern entgegen. Jetzt will ich ihn haben. Bemerkt er es? Seine Hände lassen mich los. Ich kann ihn nicht sehen. Was tut er? Ich fühle, wie die Wärme seiner Hände über meinen Hintern schwebt. Er legt die Hände zwischen meine Oberschenkel. Ihre Ränder berühren meine Schamlippen. Tut er das unabsichtlich?

Ich strenge mich so sehr an, meine Erregung nicht zu verraten, dass ich mich verkrampfe. Er fordert mich auf, ganz locker zu bleiben und nur zu genießen. So leicht ist das aber nicht. Jetzt soll ich mich umdrehen. Ich gehorche. Beinahe rutscht das Tuch von meinem nackten Körper. Er legt es vorsichtig zurecht. Meine Brüste und meine Scham sind wieder bedeckt.

Jetzt massiert er meine Arme. Ich versuche, ruhig zu bleiben. Dabei lege ich meine Arme näher an den Körper, sodass er gar nicht anders kann, als die Seiten meiner Brüste zu berühren.

Ich öffne halb meine Augen, um mir den Mann genauer ansehen zu können. Er hat einen kräftigen sportlichen Körper. Sein halblanges Haar fällt ihm ins kantige Gesicht. Seine Augen sind hellblau. Jetzt haben sich unsere Blicke kurz getroffen. Seine schmalen Lippen bewegen sich nicht. Auf seiner Stirn stehen Schweißperlen. Kommt das von seiner Arbeit? Oder kämpft auch er gegen etwas an? Fick mich doch, denke ich. Fick mich einfach.

Er massiert wieder meine Oberschenkel. Ich sehe durch sein weißes Hemd seine Armmuskeln spielen. Ohne das Tuch zu entfernen, streicht er mein Becken entlang. Er zieht am Tuch und entblößt damit meine Brust. Er streicht mit den Daumen hinunter zu meinem Schamhügel.

Seine Hände sind so groß, dass sie meine ganze Taille umfassen könnten. Ich spreize meine Beine etwas. Er zieht das Tuch jetzt ganz weg. Sein Gesichtsausdruck bleibt dabei ganz professionell.

Sieht er, wie erregt ich bin? Ohne Umstände legt er einen Finger auf meine Klitoris. Ich drücke meine Wange gegen den Tisch. Er nimmt seine Hand sofort wieder weg und massiert wieder meinen Körper. Ganz leicht streichen seine Hände über meinen Nabel, über meine Brüste bis zu den Schultern und zum Hals. Von dort kehren sie zu den Brüsten zurück und kneten sie ein wenig. Dann fahren sie wieder über den Nabel, und schließlich liegen seine Hände auf meinem Schambein.

Er dringt mit einem Finger in mich ein. Ich hebe mein Becken. Er schwitzt, sein Gesicht ist rot. Aber nach wie vor verzieht er keine Miene. Seine Schweißperlen fallen auf meinen Bauch. Mit einer Hand spreizt er meine Beine weiter. Mal massiert er gefühlvoll meine Klitoris, mal ist er wieder in mir, gerade so lange, dass ich nie genug habe. Sein Mund bleibt jetzt offen dabei. Ich spreize meine Beine jetzt selbst, so weit es geht.

Ich sehe seine Adern am Hals anschwellen. Er steht neben mir. Ich sehe seinen ausgebeulten Schritt und öffne seine Hose. Sein pulsierender Schwanz drängt sich mir entgegen. Er drückt ihn mir gegen das Gesicht. Es brennt auf meiner Wange. Seine Finger dringen immer tiefer in mich ein und bewegen sich schneller und fester. Ich lecke über seinen Schwanz, nehme ihn zwischen die Lippen und sauge daran.

Er steigt auf den Schemel neben dem Tisch und liegt plötzlich auf mir. Er drückt sein Gesicht zwischen meine Beine. Er bearbeitet meine Klitoris, während seine Finger gleichzeitig in meiner Scheide beben. Sein steifer dicker Schwanz stößt in meinen Mund.

Sein Mund ist weit offen und saugt an meinen Schamlippen. Mit den Händen drücke ich sein Gesicht noch fester gegen mich. Meine Muschi zuckt. Jetzt werden auch die Bewegungen seines Beckens heftiger. Er stößt mir den Schwanz tief in den Rachen. Die Tränen schießen mir in die Augen. Sein ganzer Körper bewegt sich im Takt seiner Stöße. Ich ersticke fast und muss meinen Kopf zur Seite drehen, um Luft zu holen. Aber schon bin ich wieder für ihn da. Sein Penis bewegt sich immer schneller in meinem Mund und Rachen, bis er kommt. Mein Speichel vermischt sich mit seinem Samen.

Kraftlos rutscht er vom Tisch, kniet neben mir nieder und bettet seinen Kopf auf meine Brust. Er ist entspannt und ruhig geworden. Ich streichle seine langen Haare. Nun hebt er mich vorsichtig vom Tisch und stellt mich auf die Beine, die verräterisch schwach sind. Er küsst mich immer wieder, als würde er mein Gesicht damit von den Tränen und allem anderen befreien wollen. Er bittet mich, wiederzukommen.

Dieses Versprechen gebe ich ihm gern.

10

Ich ließ mich von dem verunglückten Rendezvous nicht entmutigen. Gleich am nächsten Tag nahm ich mir einen anderen der Männer vor, die mir geschrieben hatten. Er hatte in seinem Brief erwähnt, dass er eine große Firma in Graz leite und dass er alles habe, was sich ein Mann nur wünschen konnte: eine Frau, Kinder, Katzen und einen Hund, ein schönes Haus und ein stattliches, sicheres Einkommen. Er sei allerdings in den besten Jahren, und deshalb reiche ihm die Liebe einer einzigen Frau eben nicht. Zweimal rief ich ihn vergeblich an, beide Male war besetzt.

Als ich mir das Mittagessen aufwärmte, klingelte das Telefon. Ich ließ den Deckel des Topfes fallen und eilte hin. Es war Josef. Ich freute mich über seinen Anruf. Wir unterhielten uns lange. Über Privates sprachen wir aber nicht, ich ließ ihn wieder über Politik reden.

Ich mochte es, seine Stimme zu hören, und fragte immer nach, wenn er einen Gedanken zu Ende gesponnen hatte, oder ich widersprach ihm, obwohl ich eigentlich seiner Meinung war, nur damit er weiterredete. Das half mir über die Enttäuschung darüber hinweg, dass sich das Treffen mit dem neuen Mann nicht so schnell vereinbaren ließ wie das mit Josef.

Josef munterte mich auf. Als er über die Privatisierungen schimpfte, lächelte ich, und als er den Medien vorwarf, zu lügen und sich mit Unterhaltung statt mit ernster Politik zu befassen, lachte ich laut über seinen cholerischen, heiseren Tonfall.

Er wunderte sich darüber, fragte, ob ich nicht seiner Meinung sei. »Nein, nein«, sagte ich, »ich bin ganz deiner Meinung.« Dann bedankte ich mich für seinen Anruf, und wir beschlossen, weiterhin in Kontakt zu bleiben.

Für das Mittagessen zog ich fröhlich alle Jalousien hoch und alle Vorhänge zur Seite. Als Hure hatte mich Josef gestern beschimpft, erinnerte ich mich gut gelaunt. Als hätte ich das in meinem Alter nötig! In meinem Alter stehe ich doch über solchen Dingen! Wenn jemand glaubt, er könne mit mir machen, was er will, irrt er, überlegte ich, während ich an einer Kartoffel kaute.

Nach dem Essen beschloss ich, ein bisschen zu schreiben. Seit einiger Zeit verfasste ich nun schon Geschichten, die inzwischen so lüstern und pornographisch waren, dass sie niemand je veröffentlichen würde.

Aber mich machten sie glücklich. Es war, als würde ich mein Herz aufs Papier legen, die Ränder genau nachziehen und es dann mit Farben ausmalen, die wild waren, als wären sie aus dem Blütenstaub und dem Nektar der seltensten giftigen Pflanzen des Urwalds gewonnen worden.

Die Helligkeit und die Wärme des frühen Sommers lockten mich hinaus, aber nicht zu einem Spaziergang, sondern um etwas zu erledigen, etwas zu tun. Ich sah also nach, was im Kühlschrank und in den Regalen fehlte, und ging zuerst zur Bank, dann in den Supermarkt. Neben den Dingen meines täglichen Bedarfs besorgte ich mehrere Tafeln Schokolade und einige Zeitschriften.

Zu Hause legte ich mich in die Badewanne, blätterte durch die bunten Seiten, las Artikel über Mode, über Theateraufführungen und Kinopremieren, brach von der Schokolade Rippe um Rippe ab, kurz gesagt: Ich tat das, von dem viele Frauen sagen, dass es am allerglücklichsten mache.

Am liebsten mochte ich die Kolumne »Pandoras Box« in der Zeitschrift Wiener. Die schrieb eine Frau, die offenbar gute Kontakte zu den oberen Zehntausend Wiens hatte und die völlig hemmungslos von Sexspielzeugen und Gruppenorgien erzählte. Ich stellte mir vor, wie die wilden, bösen, gefährlichen Farben aus der Büchse der Pandora entweichen, weil eine alte unruhige Frau wie ich sie geöffnet hat. Jetzt sind sie überall auf der Welt, und es ist sogar gut so.

Diese Kolumne hatte mich erst auf die Idee gebracht, erotische Geschichten zu verfassen, und manchmal fragte ich mich, ob ich sie nicht auch unter einem Pseudonym veröffentlichen sollte. Aber darauf kam es mir im Grunde nicht an. In Wahrheit schrieb ich sie als Ersatz für fehlenden Körperkontakt.

Zuerst hatte ich in meinen Geschichten meine Erlebnisse mit Männern beschrieben, so verändert, wie sie mit ein bisschen Glück hätten sein können. Dann erfand ich eigene, neue pornographische Geschichten über junge Menschen. Seitdem ich nach dem Besuch bei dem Arzt in Wiener Neudorf beschlossen hatte, mir selbst Männer zu suchen, änderten sich meine Phantasien. Die Hauptperson war jetzt häufig eine Frau meines Alters.

Das Telefon läutete. Es war wohl der neue Mann, der mich zurückrief. Das freute mich, aber die Badewanne verließ ich deswegen nicht. So sollte es erst gar nicht anfangen. Man bestimmte nicht über mich. Ich bestimmte über mich.

Ich las noch zwei Kolumnen. Dann wusch ich mir das Haar, föhnte es lang. Im Bademantel spazierte ich zum Telefon. Zuerst rief ich meinen jüngsten Sohn an. Er sagte zu, mich bald besuchen zu kommen. Dann rief ich meinen ältesten Sohn an und ließ mir von seiner Arbeit und seiner Familie erzählen. Das tat gut. An meinen mittleren Sohn dachte ich nur, wir hatten den Kontakt zueinander abgebrochen. Erst dann wählte ich die Nummer von Robert Pospisil, dem Unternehmer aus Graz.

11

Ich wartete auf Robert auf dem Hauptplatz vor dem Schloss, nicht im Café, um die Möglichkeit zu haben, ihn gleich wieder nach Hause zu schicken, wenn er mir nicht gefallen sollte. Er reiste in einem großen schwarzen Wagen an, den er mir am Telefon beschrieben hatte, parkte vor der Kirche und stieg aus.

Er gefiel mir schon aus der Ferne. Er hatte auch äußerlich alles, was sich ein Mann wünschen konnte. Er war groß und schlank, wirkte gepflegt, sportlich und agil. Ich winkte ihm von meiner Sitzbank aus zu.

Er kam zu mir und grüßte höflich. Ich bot ihm sofort das Du an. Er sagte, dass die Autofahrt schneller verlaufen sei, als er erwartet hatte. Er sei schon eine halbe Stunde im Nachbarort spazieren gegangen.

Ich lud ihn in meine Wohnung ein. Wir stiegen in sein Auto und fuhren zu mir.

Es war natürlich klar, worauf das hinauslaufen würde. Ich kochte Kaffee und wollte ihn fragen, ob er schon einmal etwas mit einer älteren Dame wie mir gehabt hatte. Stattdessen machte ich ihm ein Kompliment über sein dichtes Haar. Er nahm einen Schluck Kaffee und griff mir mit den Fingerkuppen hinters Ohr.

»Ich bin ja glücklich«, sagte er, »und meine Frau ist auch glücklich, glaube ich. Aber etwas fehlte mir immer. Dir fehlt auch etwas, nicht?«

»Das kann man so sagen.«

»Bin ich der erste jüngere Mann für dich?«, kehrte er die Frage um, die ich selbst stellen wollte.

»Ja«, antwortete ich.

Es gefiel mir, dass er die Initiative ergriff.

»Ich bin also so etwas wie eine Jungfrau«, sagte ich. »Du musst aufpassen. Wer weiß, ob ich noch weiß, wie das geht.«

»Man verlernt es nicht«, lachte er und küsste mich auf die Wange.

Wie Autofahren, dachte ich. Autofahren hatte ich während des Winters nicht verlernt. Aber mit jemandem schlafen? Nach vierzig Jahren? Sex? Was ist der Maßstab dafür, dass man gut darin ist? Wenn er glücklich macht? Mich hat er mit ganz wenigen Ausnahmen nie glücklich gemacht und auch bei diesen Ausnahmen nicht richtig. Folglich konnte ich es nie. Folglich nützte es nichts, dass man es nicht verlernt.

Ich wollte noch etwas Zeit vergehen lassen, ehe wir das Schlafzimmer betreten würden. Ich fragte ihn noch ein wenig nach seiner Familie. Und jetzt fragte ich ihn auch, ob er öfter zu anderen Frauen gehe. Er verneinte. Dass er auch unerfahren sei in dieser Sache, lachte er.

»Ich bin eigentlich ganz treu, aber seit einem Jahr bin ich irgendwie unglücklich. Und jetzt habe ich es nicht mehr ausgehalten«, sagte er.

»Und ich bin immerhin keine Konkurrenz für deine Frau«, sagte ich. »Langfristig.«

In meiner ersten Ehe hatte mein Mann, der ebenfalls Unternehmer gewesen war, aber nicht besonders erfolgreich, überhaupt keine Zeit für mich gehabt. Ich weiß nicht, ob er eine Geliebte hatte, es interessierte mich auch nicht besonders. Er war oft auf Reisen. Und wenn er da war, schlief er kaum mit mir.

Ich hatte ein sehr vertrautes Verhältnis zu einem seiner Freunde, der hauptberuflich Tänzer und nebenbei Amateurboxer war. Sein Körper war beeindruckend schön gebaut und herrlich durchtrainiert. Wir kannten uns viele Jahre lang, ich kannte auch seine Frau und ihren gemeinsamen Sohn. Als er mir dann eines Abends den Spiegelsaal zeigte, in dem er seine Choreographien einübte, fielen wir übereinander her. Ich war damals dreißig, und es war das erste Mal, dass ich ein männliches Glied sah. Mein Mann hatte sich immer nur auf mich gelegt, und was unten passierte, hatte ich bestenfalls fühlen können. Kaiserin Maria Theresia soll sich darüber beschwert haben, dass man dabei nicht stricken kann.

Mit dem Tänzer war es das erste Mal, dass es mir Spaß machte, ich hatte damals zum ersten Mal etwas wie einen Höhepunkt. Dabei hatte ich zu diesem Zeitpunkt bereits zwei meiner drei Söhne geboren.

Noch ein paar Mal habe ich meinen ersten Mann mit dem Tänzer betrogen. Irgendwann kam er dahinter. Für ihn war es der Anfang einer schweren Krise. Wir ließen uns scheiden. Wie auf Befehl von oben gingen seine Firmen fast gleichzeitig in Konkurs, und er wurde wegen Vergehen, die ich nie richtig begriff, zu einer Haftstrafe verurteilt.

Mir war immer klar gewesen, dass der Tänzer seine Frau niemals für mich verlassen würde. Einfach schon deshalb, weil sie schwer krank war. Dann verließ er sie einige Monate nach meiner Scheidung völlig überraschend doch, aber nicht für mich: Er starb an Krebs.

Mein Mann wollte vor, während und nach seiner Haft nichts mehr von mir wissen. Ich war danach allein mit meinen Söhnen und meinem schlechten Gewissen. Der Sex mit dem Tänzer, der blieb in den folgenden Jahrzehnten und bis heute der einzige, der mich für den Moment glücklich gemacht hatte.

Und jetzt lagen Roberts Lippen auf meiner Wange, ich fühlte seinen Atem und dachte über Treue nach. Das hätte ich mir wirklich nicht gedacht, dass mir so etwas in so einem Augenblick passieren würde.

»Sei nett zu deiner Frau«, flüsterte ich.

»Werde ich machen«, hauchte er.

»Ich helfe dir dabei«, flüsterte ich.

»Danke«, lächelte er.

Meine Affäre mit dem Tänzer war das einzige Mal, dass ich fremdging. Es war kein leichtfertiger Seitensprung. Ich hätte meinen Mann für ihn verlassen, ich wollte wirklich bei ihm bleiben. Jetzt aber war es etwas ganz anderes. Jetzt half ich Robert irgendwie dabei, bei seiner Frau zu bleiben, fand ich. Ich wollte ihn nicht für mich haben, ich wollte nicht sein Herz, nicht seine ganze Wärme, ich wollte nur einen Teil seiner Wärme und nur für diesen einen Tag.

Ich wollte ihm Wärme geben. Ich wollte ihn nicht lieben, wie eine junge Frau liebt, sondern wie eine Großmutter, ohne Ansprüche, aber als Großmutter natürlich, die noch eine Vagina besitzt.

Er küsste mich auf den Hals, wie mich der Tänzer geküsst hatte. Ich streichelte ihm durchs Haar. Jetzt fiel mir ein, dass ich geführt, genommen werden wollte, aber vorsichtig, als ob ich tatsächlich eine Jungfrau wäre, bei der ein Mann aufpassen muss, um ihr nicht wehzutun. Und natürlich wollte ich befriedigt werden. Das war jetzt das Wichtigste. Das war wichtiger, als es je zuvor für mich gewesen war, wenn ich Sex gehabt hatte.

Ich war offenbar recht lang in Gedanken verloren gewesen. Robert war inzwischen vom Sofa geglitten und kniete vor mir. Er drückte meine Beine auseinander, schob meinen Rock hoch, zog meine Unterhose zur Seite und leckte mich. Ich schob mein Becken an den Rand des Sofas. Es war sehr angenehm.

Das hatte ich bisher nur zweimal mit dem Tänzer erlebt, sonst nie. Ich merkte, wie schnell ich feucht wurde, und ich war froh darüber. Es war eine Bestätigung dafür, dass es bei mir nicht nur mit Selbstbefriedigung funktionierte.

Ich schob seinen Kopf weg, stand auf, nahm seine Hand und führte ihn ins Schlafzimmer. Ich küsste ihn auf die Lippen. Sie waren heiß von mir, schmeckten nach mir, leicht süßlich. Langsam zog er mich aus. Dann half ich ihm. Ich legte ihn auf den Rücken und sah ihn fragend an.

Mir fiel ein, was Josef sich von mir im Park gewünscht hatte. Ich sah Roberts Glied, das langsam größer und größer wurde, wie allein durch meinen Blick. Er griff nach meinem Hinterkopf und führte mein Gesicht zu seinem Schwanz. Ich nahm ihn in die Hand, in den Mund und überlegte fieberhaft, was zu tun sei. So etwas hatte ich noch nie gemacht.

Die Haut war weich. Vorsichtig fuhr ich mit der Zunge über die Eichel. Mit der Hand zog ich die Vorhaut nach unten.

Robert zuckte und gab einen zischenden Ton von sich. Das war also zu fest, dachte ich.

Mit der Hand war ich nun vorsichtiger, und die Zunge und die Lippen taten plötzlich alles von alleine. Die Haut auf der Eichel und das feine Häutchen zwischen Eichel und Vorhaut waren sehr zart. Ich hätte mir beides rauer vorgestellt. Robert atmete tief und laut und kraulte mein weißes Haar. Ich begann den Kopf zu bewegen und irgendwann hatte ich sein Glied so tief im Mund, wie es nur ging.

Robert hatte offenbar genug, hob seinen Oberkörper, nahm mich und legte mich auf den Rücken. Ich war stolz darauf, dass ich es geschafft, dass es ihm gefallen hatte.

Mit der einen Hand drückte er leicht meine Brust, mit dem Mittelfinger der anderen fuhr er mir in die Scheide. Er bewegte ihn langsam, fühlte die Scheidenwände. Ich genoss es. Ich war geschmeichelt, dass ich, dass mein Körper ihm gefiel. Ich schloss die Augen und fühlte mich schön.

Nicht einmal der Tänzer hatte mir das Gefühl geben können, schön zu sein. Und jetzt, mit neunundsiebzig, jetzt war ich endlich eine schöne Frau. Ist man erst schön, wenn man sich selbst für schön hält? Ich glaube, man ist schön, wenn zumindest ein anderer Mensch einen schön findet. Robert machte mich schön.

Jetzt war auch ich längst erregt genug. Er erkannte es, beugte sich über mich, drückte seine Eichel gegen meine Schamlippen, drang nur mit ihr in mich ein, verließ mich wieder. Das wiederholte er einige Male. Ich hatte nicht erwartet, dass ich so gierig werden könnte. Ich ergriff seinen Hintern, der recht fest war, und drückte ihn in mich.

Aber er widerstand meinem Drängen und blieb bei seiner Langsamkeit. Ich war wild geworden, seufzte laut, bewegte mich. Nachdem er endlich bis zum Ansatz in mich eingedrungen war, dauerte es für mich nicht mehr allzu lang, bis ich meinen ersten Höhepunkt bekam.

Und das mit dem Tänzer war nichts dagegen gewesen. Mein Schaufelgriff hatte so etwas schon gar nicht geschafft. Und weitere Höhepunkte sollten folgen. Seit vierzig Jahren war das mein erster Sex. Und gleich so einer. Es blieb zwar bei der Missionarsstellung, aber das machte mir gar nichts. Das reichte völlig. Man muss nicht gleich übertreiben.

Eine Woche später besuchte mich Robert wieder. Diesmal kam er zwei Stunden zu spät. Ich hatte eine Stunde vor der vereinbarten Zeit schon den Kaffee fertig.

In diesen drei Stunden Wartezeit rief ich sechs oder sieben andere Männer an, die auf meine Anzeige geantwortet hatten. Mit dreien vereinbarte ich ein Treffen. Ich wollte nicht von einem einzigen Mann abhängig werden. Und der Plastikgriff machte mir auf einmal keine Freude mehr. Ich hatte ihn wieder an seinen Platz geschraubt, an den Schaufelstiel.

»Tu das nicht, Elfriede«, hatte der Griff gejammert. »Ich kenne jetzt Besseres, ich will nicht mehr für Haus- und Gartenarbeit verwendet werden.«

»Ich habe jetzt auch Besseres kennengelernt«, antwortete ich.

»Aber bitte, bitte! Wirf mich lieber weg, wenn du mir schon keinen Ehrenplatz neben dem Fernseher zugestehen willst. Ich kann ohne dich nicht mehr leben!«, weinte der Schaufelgriff.

»Sei nicht hysterisch. Meine Hand wird dich wärmen, wenn ich Staub und trockene Blätter vom Balkon kehren werde.«

Als Robert eintraf, war der Kaffee längst kalt. Wir gingen gleich zur Sache, und diesmal probierten wir ein paar Stellungen aus. Ich fand es faszinierend, wie unterschiedlich es sich jeweils anfühlte. Als er von hinten in mich eindrang und sein Glied gegen die hintere Wand drückte, schoss mir der Schweiß aus allen Poren, und es wurde mir kurz schwarz vor den Augen. Mein Kopf wurde schwer. Und als ich die Finsternis im Schlafzimmer wieder wahrnehmen konnte, fühlte ich, wie sich die Muskeln in meiner Scheide zusammenzogen. Meine Arme wurden schwach, und mein Kopf vergrub sich im Kissen.

Ein Restaurantbesuch

Ich gehe nur selten alleine aus. Aber jetzt bin ich schon seit einer Woche allein zu Hause, mein Mann ist wieder auf einer seiner verdächtigen Geschäftsreisen, wird erst in einigen Wochen zurückkehren, meine beste Freundin ist in den Flitterwochen. Und wenn man eine Woche lang alleine ist, wird man träge und es fällt schwer, zum Telefon zu greifen. Niemand will doch um Gesellschaft bitten.

Ich bin so gern unter Menschen, es ist eine Schwäche von mir, zu beobachten. Außerdem habe ich Hunger. Mir fällt ein, dass ich schon lang nicht mehr essen gegangen bin. Also mache ich mich in das Restaurant auf der Wiener Straße auf.

Ich nehme in einer Ecke Platz, von wo aus man das ganze Lokal gut überblicken kann, studiere lang die Speisekarte. Das Kalbsgeschnetzelte hört sich verlockend an, noch verlockender kling der geschmorte Zander. Oder hätte ich Lust auf Wild? Lieber Rehragout, oder wäre doch ein Hirschbraten besser? Mit Semmelknödeln und Preiselbeeren! Nach einer knappen halben Stunde bestelle ich schließlich doch wie immer ein Wiener Schnitzel mit Kartoffelsalat. Ich habe mich ja schon zu Hause gerade darauf gefreut. Dazu Apfelsaft.

Draußen dämmert es. Es ist Abend geworden. Am anderen Ende des Raumes sitzt eine Familie.

Eltern, drei Kinder, ein Großelternpaar, eine Großtante, vom Aussehen her am ehesten die Schwester der Großmutter. Es wird ein Geburtstag gefeiert. Geschenke liegen teilweise auf dem Tisch, teilweise lehnen sie hinter der Familie an der Wand. Die zwei kleineren Kinder, ein Bub und ein Mädchen, laufen hin und wieder durch den Raum. Sie spielen Piraten. Der Bub ruft, dass das Mädchen aufpassen soll, dass die Bösen schon nah sind, dass er sie retten wird. Jetzt hockt sie unter einem unbesetzten Tisch zu meiner Rechten, er tut so, als würde er sich zu ihr durchkämpfen müssen. Dann ist er endlich bei ihr. Sie sagt, dass er warten soll, dass sie gar nicht mehr unter dem Tisch sei, dass sie entführt wurde und dass das Schiff der Bösen sich schon längst auf hoher See befinde, dass der Bub sein eigenes Schiff klarmachen solle, um die Verfolgung aufzunehmen. Er ist einverstanden, auf diese Art weiterzuspielen. Sie sagt, dass der böse Kapitän sie heiraten will. Der Bub muss sich beeilen.

Diesen beiden zuzusehen ist besser, als ins Kino zu gehen.

Bis auf diese Familie scheint das ganze Lokal ausschließlich von Pärchen besetzt zu sein. Sie sitzen bei kleinen Tischchen, zwischen ihnen brennt jeweils eine Kerze, sie lächeln einander an, hin und wieder geben sie sich einen Kuss. Sie lassen sich gegenseitig von ihren Speisen kosten. Die Lippen der Frauen sind voll, wenn sie an den kleinen Bissen von den Gabeln ihrer

Begleiter kauen, die Männer sind frisch rasiert, und duften bestimmt alle noch nach Rasierwasser.

Mein Schnitzel ist da. Es ist ausgezeichnet. Zartes Fleisch, knusprige Panier, genauso, wie ich es mir erhofft habe.

Am Nebentisch zu meiner Linken sitzt eine junge Gesellschaft. Auch alles Pärchen, ich habe aus Neugier nachgezählt. Weinflaschen, Weingläser, Bierkrüge bilden auf ihrem Tischtuch ein hübsches Stillleben. Alle sind sie gut gelaunt, Küsse werden gegeben, man umarmt einander, man lacht.

Nur ein junger Mann unter ihnen sieht bedrückt aus. Er schweigt, starrt mit seinen blauen Augen das Weinglas vor sich an, einige Locken seines schwarzen, glänzenden Haars fallen ihm ins Gesicht. Nicht einmal sein tailliert geschnittenes, blaues Sakko und sein bunt kariertes Hemd können seine traurige Stimmung verbergen. Das Mädchen, das neben ihm sitzt, unterhält sich währenddessen bestens mit der gesamten Runde, umarmt hin und wieder ostentativ ihren anderen Sitznachbarn. Eigentlich unverschämt, finde ich. Bei jeder dieser Umarmungen leert der traurige junge Mann sein Glas, um sich sofort wieder nachzuschenken. Das beweist mir seinen Kummer. Liebeskummer? Er tut mir leid.

Er hebt seine Augen, unsere Blicke treffen sich, ich sehe schnell weg. Ob er erkannt hat, dass ich ihn beobachte? Ich habe ihn tatsächlich sehr lang angestarrt. Das ist mir peinlich. Ich nehme einen Schluck von meinem Apfelsaft, esse ein paar Bissen vom Schnitzel, vom Salat, nehme wieder einen Schluck. Endlich wage ich es wieder, zu ihm zu sehen. Seine Augen sind weit aufgerissen, sein Mund steht offen, wie versteinert sitzt er da, sieht zu mir, als ob er sich seit unserem letzten Blickkontakt nicht gerührt hätte. Die Spannung wird groß. Ich habe Angst, dass er sich abwenden könnte. Ich reiße mich zusammen und lächle, er lächelt zurück. Ich sehe mechanisch in meinen Teller, aber sofort hebe ich meinen Blick wieder, lächle ihm noch einmal zu. Er strahlt über das ganze Gesicht, zündet sich eine Zigarette an.

Ich esse die letzten Stücke meiner Mahlzeit auf.

Das kleine Mädchen versteckt sich immer noch unter dem Tisch zu meiner Rechten. Es tut so, als würde es mit dem bösen Kapitän über ihre Freilassung verhandeln. Sie gibt an, dass ihr Papa König sei, dass er ihn mit Gold überhäufen würde, wenn sie wieder zu Hause wäre. Dann bettelt sie. Schließlich droht sie. Sie droht mit der Tapferkeit ihres Bruders und mit seiner Geschicklichkeit zur See. Sie erzählt, wie er einen Haifisch, so groß wie ein Wohnhaus, allein und nur mit seinen bloßen Händen bezwungen hätte. Und kaum hat sie es ausgesprochen, kommt der Bruder gelaufen, ficht mit der Luft, macht Geräusche, als würde er aus einer Pistole schießen. Dann hockt er sich neben seine Schwester, löst ihre Fesseln, reicht ihr einen Degen. Der böse Kapitän kommt zu ihnen unter den Tisch.

Der Tisch ist seine Kajüte. Ein großes Gefecht beginnt. Der Bruder wird verwundet, muss aussetzen. Lange kann die Prinzessin allein den bösen Kapitän auf Abstand halten, aber jetzt ist sie entwaffnet worden, der Böse kommt immer näher. Sie ruft ihren Bruder um Hilfe. Der rafft sich mit letzter Kraft auf, sticht dem Bösen einen Dolch in den Rücken. Die Schwester sagt ihrem Retter, dass er warten soll, läuft zu einem Tisch, nimmt einen Stoß Servietten. Sie kommt zurück und versorgt damit seine Wunden.

Dieses Abenteuer ist also gut ausgegangen. Aber wie wird es mir ergehen? Der junge, traurige Mann gefällt mir schon sehr. Es würde mich der Grund seines Kummers interessieren, überhaupt würde mich interessieren, was er so treibt, wie alt er ist, wie er heißt und so weiter. Ich möchte ihn kennenlernen. Mein Mitleid von vorhin ist jetzt völlig diesem neuen Gefühl gewichen.

Aber wie soll ich es anstellen? Allem Anschein nach liegt die Notwendigkeit der Initiative in diesem Fall bei mir. Aber er muss mir zumindest eine Gelegenheit bieten, dass ich ihn rette. Immerhin sitzt seine Freundin neben ihm, auch wenn sie sich überhaupt nicht für ihn zu interessieren scheint.

Das kleine Geschwisterpaar unter dem anderen Nebentisch hat sich den ungefähren Spielverlauf gleich am Anfang ausgemacht. So einfach geht das bei Erwachsenen nicht. Oder doch? Wie wäre es, wenn ich ihm erzählen würde, dass er da jetzt in den Fängen eines bösen Ungeheuers ist, dass ich über magische Kräfte verfüge, ich würde ihm den Zauberspruch verraten, der mich herbeiruft, ich würde ihm sagen, dass ich in rosenrotem Licht erscheine, sobald er das letzte Wort ausgesprochen hat, dass ich seine Fesseln lösen, ihm einen Degen reichen würde, dass wir uns dann am äußersten Ende einer Höhle verschanzen würden, um von dort aus dem gesamten Bösen der Welt standzuhalten. Dass er mir schließlich einen Kuss geben soll, ich würde mir dafür ein paar Kleidungsstücke anziehen, Jacke, Schal, Mütze und so, und dann würden wir zu mir nach Hause gehen, wo ich alles wieder ausziehen würde. Dann würde ich ihn fragen, ob er mit diesem Spielverlauf einverstanden sei.

Aber wie sollte ich mich ihm überhaupt nur nähern, um diesen Vorschlag zu unterbreiten, ohne dass seine gesamte Gesellschaft es mitbekommt? Soll ich ihm einen Zettel schreiben? Soll ich es ihm in Zeichensprache andeuten?

Ich bestelle noch einen Saft. Er hat ausgeraucht, ich habe ihn wieder angelächelt, er hat zurückgelächelt, ist aufgestanden. Ich bin nervös geworden. Das Adrenalin schießt mir in den Kopf. Bei meinem Tisch bleibt er kurz stehen, dann geht er weiter zu den Toiletten. Ich warte kurz ab, jetzt folge ich ihm. Ich steige die paar Stufen in den Keller hinab, wo sich die Toiletten befinden. Im Halbdunkel des Gangs unten wartet er auf mich. Er sieht mir tief in die Augen.

Ich frage ihn, was wir jetzt machen werden. Er zuckt mit den Schultern und lächelt. Ich lasse ein paar Komplimente fallen, bevor ich mich an ihn drücke. Er umfasst meine Taille, ich höre seinen Atem, wie er mein Parfum und den Duft meines Haars einsaugt.

Ich will ein Abenteuer erleben, also sage ich nur, dass er mich in einer halben Stunde vor dem kleinen Espresso am Ende der Wiener Straße finden wird. Jetzt fasse ich seine Hand, drücke sie, kehre in den Speisesaal zurück, leere mein Saftglas, zahle, kleide mich an, winke den spielenden Kindern und gehe.

Ich sehe auf meine Uhr, gehe direkt zu dem Espresso. Es hat noch geöffnet, ich betrete es, bestelle einen kleinen Kaffee, sehe wieder auf die Uhr. Kaum mehr als fünf Minuten sind vergangen. Vielleicht hätte ich mich vorstellen sollen, um gleich eine nähere Bindung herzustellen. Es fällt mir auch ein, dass ich zu nervös gewesen bin, um eine Bestätigung des Plans seinerseits abzuwarten. Hoffentlich hat ihm unsere Begegnung im halbdunklen Gang nicht genügt, hoffentlich haben ihn meine Komplimente nicht verschreckt, hoffentlich reichen ihm nicht ein paar Komplimente von einer fremden Frau, dass er Mut fasst, die Beziehung mit seiner Freundin wieder in Gang zu bringen.

Diese halbe Stunde des Wartens ist unglaublich aufregend, ja erregend. Ich habe Zeit genug, mich zu fürchten, dass er nicht kommen wird, aber noch mehr Zeit verwende ich dafür, mir auszumalen, wie die Nacht mit ihm werden könnte. Ich nippe an meinem Kaffee und fühle schon seine Hände auf meinem Rücken, erinnere mich an seinen Atem, fühle meine Brust, wie sie auf der seinen liegt.

Rechtzeitig vor Ablauf der halben Stunde, vielleicht an die zehn Minuten zu früh, zahle ich und verlasse das Espresso. Draußen warte ich weiter. Ich fühle mein Herz schlagen. Ich fühle mich in der Finsternis der Straße wie ein kleiner Singvogel, der zu müde geworden ist, um weiterzufliegen, und den jemand in die schützende Hand genommen hat. Und mein schneller Puls füllt die ganze Handfläche aus.

Endlich sehe ich ihn im Licht der spärlichen Straßenbeleuchtung näher kommen. Ich würde gern vor Freude springen und winken, aber ich reiße mich zusammen und bleibe unbewegt stehen. Jetzt steht er vor mir, sagt seinen Namen. Ich sage den meinen. Er gibt an, seinen Freunden Unwohlsein vorgetäuscht zu haben. Er trägt einen langen Mantel. Ich möchte ihn anfassen, mache das, er nimmt mich in die Arme, hält mich fest.

Ich löse die Umarmung auf, deute mit dem Kopf in die Richtung meiner Wohnung. Er bietet mir den Arm an, ich hänge mich ein, wir gehen los.

Ich frage ihn nach einigen Dingen, er antwortet gut gelaunt. Er ist Mathematikdozent an der Uni in Wien, verheiratet ist er nicht. Seine Freundin ist mit einem seiner Kollegen fremdgegangen, nur weiß sie nicht, dass er es bereits erfahren hat. Ich sage, dass es mir für ihn leid tut. Er sagt, dass es mit ihr aber ohnehin nichts Ernstes sei.

Je näher wir zu meinem Haus kommen, desto klarer wird alles. Er will mich, ich will ihn, wir sind wie hypnotisiert voneinander. Ich flüstere ihm zu, dass er mich haben kann, dass ich heute Nacht nur ihm gehören werde. Er lächelt.

Im Haus gehe ich vor. Ich will, dass er sich auf der Treppe von unten genauer meinen Hintern ansehen kann. Offenbar hat es gewirkt. Vor meiner Wohnungstür schon küsst er mich lang.

Im Vorzimmer legen wir beide in Windeseile Mantel beziehungsweise Jacke ab, innerhalb von Sekunden sind wir im Schlafzimmer. Jetzt werden keine Blicke mehr gewechselt, jetzt wird gehandelt.

Er wirft mich aufs Bett, zieht sich aus, ich ziehe mich aus. Die Strumpfhose baumelt noch an meinem linken Fuß, schon liegt er neben mir und küsst mich, drückt mit der Handfläche meine feuchte Muschi. Er nimmt meine Lippen zwischen die Zähne, fährt mit der Hand über meinen Oberkörper, von Muschi zur Brust, von der Brust zum Bauch, vom Bauch zum Hals, vom Hals wieder zur Muschi zurück. Dann lässt er sich zwischen meine Beine gleiten, nimmt meine Schamlippen in den Mund. Wieder fühle ich seine Zähne, er drückt seine Zunge gegen meine Klitoris. Ich zucke zusammen. Lang zu lecken braucht er mich nicht. Ich wäre schon im Stiegenhaus bereit gewesen. Ich deute es ihm an, indem ich seinen Kopf zu mir ziehe. Er versteht, dreht mich auf den Bauch, dringt ganz langsam von hinten in mich ein. Endlich, endlich ist er in mir, denke ich, das habe ich mir schon im Espresso ausgemalt, und jetzt ist es endlich soweit. Er lässt seinen Penis tief in mir ruhen. Aber dabei bleibt es nicht! Ruckartig zieht er ihn heraus und stößt mich, stößt mich mit seiner ganzen Kraft. Jetzt schlägt er mir mit der Handfläche auf die Hinterbacke. Zuerst leicht, dann fest, als würde seine aufgestaute Wut gegen seine Freundin jetzt gegen mich entweichen. Ich schreie, aber das erregt ihn noch mehr. Ich drücke meine brennenden Hinterbacken gegen seinen Schwanz, ich will ihn auch in mir fester spüren. Hoffentlich wird es nicht noch wilder, denke ich kurz. Und gerade in dem Moment dreht er mich wieder auf den Rücken und küsst mich so zärtlich, wie ich es noch von keinem Mann erfahren habe. Jetzt ist er wieder in mir, jetzt umarmt er mich und liegt mit seinem ganzen Gewicht auf mir. Ich bin wie betrunken von seiner Nähe. Zuerst bewegt er sich langsam, dann schneller und schneller. Ich hebe mein Becken an, um den richtigen Winkel herbeizuführen. Ich komme. Mein Zucken lässt auch ihn kommen. Er stöhnt und druckt meinen Körper näher und näher an den seinen, will mich jetzt zum Abschluss noch einmal voll auskosten.

Ich lasse ihn bei mir schlafen. Ich will heute ein warmes Bett haben. Ich sehne mich nach Wärme mehr als nach Orgasmen und Wildheit. Ich glaube, ihm geht es ähnlich.

Ob er mein Märchenprinz oder mein liebster Pirat sein könnte? Mehrere Tage bleiben wir unzertrennlich zusammen. Er sagt sogar eine Vorlesung ab. Der Abschied fällt uns schließlich schwer. Märchen enden doch mit einer Hochzeit. Also kann das unsere noch nicht zu Ende sein.

12

Die zwei Kirschbäume unter meinem Fenster trugen schon Früchte.

Die beiden Nachmittage mit Robert hatten mir so viel Vertrauen in die Männer gegeben, dass ich von da an jeden, dessen Stimme mir am Telefon sympathisch erschien, gleich beim ersten Treffen zu mir nach Hause einlud. Ich vertraute so sehr darauf, dass alles gut gehen würde, dass ich mich hin und wieder fast vor mir selbst fürchten wollte. Meine Söhne jedenfalls würden sich Sorgen um mich machen, da war ich ziemlich sicher.

Mein Ältester und mein Jüngster besuchten mich einmal. Es war schön, wie wir miteinander lachten, aber es bedrückte mich, dass ich es nicht wagte, ihnen von meinem neuen Liebesleben zu erzählen. Ich hatte das Gefühl, es erzählen zu müssen. Ich hatte das Gefühl, jemanden zu brauchen, der sich um mich Sorgen machte, wenn ich es schon selbst nicht tat.

Ich hätte mir gewünscht, dass mich mein Ältester fragt: »Mama, bitte, wie heißt der Mann? Wie alt ist er? Ist er nett zu dir? Tut er dir nicht weh? Soll ich ihn kennenlernen? Ist er nicht gefährlich?«

Aber er konnte das nicht fragen, weil er von nichts wusste.

Und dann hätte ich mir gewünscht, dass mein Jüngster ihm entgegenhält: »Aber lass doch die Mama. Sie weiß, was sie tut. Sie ist bestimmt vorsichtig. Freu dich doch für sie, dass sie einen Freund hat. Oder mehrere Freunde. Wenn du in ihrem Alter wärst, wie würdest du dich freuen, eine Freundin zu haben, eine viel jüngere noch dazu!«

Aber auch mein Jüngster konnte das nicht sagen, weil auch er nichts wusste.

Und mein mittlerer Sohn, mit dem ich keinen Kontakt mehr habe, wusste erst recht von nichts. Mir war deshalb manchmal weinerlich zumute.

Ich verdanke meinen Kindern viel. Während der letzten Jahre der Ehe mit meinem zweiten Mann waren sie es, die mich am Leben erhielten. Dafür habe ich sie so weit wie möglich damit verschont, was mir dieser Mann alles angetan hat. Natürlich hat mein Ältester von selbst einiges mitbekommen. Er bestärkte mich darin, die Scheidung durchzusetzen. Nach der Scheidung kam mein ganzer Lebenswille wieder von den Kindern.

Ich bin eine stolze Mutter, und ich bemühte mich immer sehr. Und die Freude über meine Söhne mischte sich mit schlechtem Gewissen, weil ich weiß, dass sie es schwer hatten: Zwei Scheidungen, ein Alkoholiker als Stiefvater und dann eine Jugend mit einer alleinstehenden Mutter, die wenig Zeit hatte, weil sie allein alles Geld verdienen musste.

Die größten Vorwürfe machte ich mir, als ich erfuhr, dass mein jüngster Sohn Drogen nahm. Aber dafür erfüllte er mich mit großem Stolz, als es ihm so gut wie ohne fremde Hilfe gelang, wieder aufzuhören.

Ich frage mich manchmal, warum ich nach meiner ersten gescheiterten Ehe an einen Mann geriet, der zu viel trank. Vielleicht war es der Mutterreflex gewesen, der Wunsch, ihm zu helfen. Als aber dann meine zweite Ehe gescheitert war, ließ ich keinen Mann mehr in mein Bett. Vierzig Jahre lang, vier Jahrzehnte. Und jetzt passierte es wieder. Robert Pospisil, der Unternehmer aus Graz, war der erste nach so langer Zeit gewesen.

Auf ihn folgte ein dreiundzwanzigjähriger Student, der gerade von seiner Freundin verlassen worden war. Er war zuerst etwas schüchtern. Ich musste ihn fast überreden, auf dem Sofa Platz zu nehmen, aber bald begann er zu erzählen und schließlich weinte er sich aus. Ich tröstete ihn, half ihm zu überlegen, was er machen könnte. Es zeigte sich, dass die Sache mit seiner Freundin noch gar nicht so hoffnungslos war, wie er glaubte.

Als wir seine weitere Strategie beraten hatten, sagte ich ihm, dass er mich haben konnte, sofern er das noch immer wollte. Er nickte. Ich küsste ihn. Wir gingen ins Schlafzimmer. Meine Bluse zog ich noch alleine aus, mit dem Rest half er mir dann schon.

Er selbst entkleidete sich innerhalb von Sekunden. Ehe ich mich versah, wütete er schon in mir, ohne Vorspiel, ohne gar nichts. Es gefiel mir, wie er mich so gebrauchte. Indem ich ihn ließ, gebrauchte ich ihn ja auch. Wir gebrauchten uns gegenseitig.

Er hatte blondes Haar und blaue Augen. Seine Haut war weich und seine Gesichtszüge zart. Er nannte sich Gabriel, aber vielleicht hatte er sich den Namen ausgedacht, er passte zu gut.

»Engel, böser Engel«, flüsterte ich, als er von kurzen und langsamen zu langen, schnellen und festen Bewegungen überging, die alle meine Muskeln sich verkrampfen ließen. Ich wusste nicht, ob er meine Worte hörte.

Ich kam mit Gabriel zwar nur einmal und nicht besonders intensiv. Umso intensiver war aber die Befriedigung für mich, als er seinen Höhepunkt erreichte. Er atmete aus, ließ meine Beine fallen, die er sich gegen die Schultern gelehnt hatte, und fiel mit seinem ganzen Gewicht auf meinen Körper.

Bei ihm versuchte ich zum ersten Mal, während dem Sex die Scheide willentlich zusammenzuziehen. Das hatte ich als Training gegen Inkontinenz gelernt. Jetzt konnte ich es auf einem interessanteren Gebiet gebrauchen. Es funktionierte, ich hielt sein noch zuckendes Glied fest, er seufzte leise. Dann ließ ich ihn los, er rollte von mir herunter.

»Danke«, flüsterte er.

Ich streichelte sein weiches Haar. Er lächelte. Ich küsste ihn auf die Stirn, wie um ihm Gute Nacht zu sagen. Er schlief kurz ein. Als wir uns am Abend verabschiedeten, wünschte ich ihm alles Gute bei seinen Bemühungen um seine ehemalige Freundin. Er versprach, mich bald wieder anzurufen. Er tat es dann allerdings nicht. Ich hoffe, dass sich die beiden wieder versöhnt haben.

13

Ich hatte nichts zu tun. Die Wohnung war aufgeräumt, die Wäsche lag frisch gebügelt im Schrank, und die Küche blitzte vor Sauberkeit. Ich allein habe noch nie besonders viel Unordnung gemacht. Zum Fernsehen hatte ich keine Lust.

Nach den Aufregungen der vergangenen Wochen fühlte ich mich auf einmal traurig. Es war, als wäre ich plötzlich in ein richtiges Loch gefallen. Ich kannte dieses Gefühl. Ein paar Mal in meinem Leben habe ich Depressionen gehabt und mit der Zeit gelernt, wie ich sie bekämpfen konnte. Wenn ich bemerkte, dass meine Stimmung immer trüber wurde, ging ich hinaus. Ehe mich mein Kummer in meiner Wohnung fesseln und mir die Luft zum Atmen nehmen konnte, lief ich durch die Natur, bis ich vor Erschöpfung nicht mehr konnte, und irgendwann hatte ich die Verzweiflung meistens bezwungen.

Doch diesmal blieb ich zu Hause. Es war noch nicht so weit, und vielleicht waren es auch keine Depressionen. Ich musste einfach schon den ganzen Tag an den jungen Mann denken, den einzigen, zu dem ich in meiner Jugend engeren Kontakt gehabt hatte. Der mich ein paar Mal nach Hause begleitet hatte, bis meine Mutter die zwischen uns entstehende Verbindung mit einer Ohrfeige jäh beendet hatte. Auf einmal war mir sein Name wieder eingefallen. Ich hatte ihn vermutlich irgendwann in den Fünfzigerjahren vergessen, aber jetzt war er mit einem Mal wieder da: Anton.

Anton hatte sein Pharmaziestudium bestimmt geschafft und es zum Apotheker gebracht, wie er es sich immer gewünscht hatte. Er hatte ohne Zweifel eine Frau gefunden, zu der er so nett sein konnte, wie er es zu mir gerne gewesen wäre. Auf diese unschuldige Art. Ich erinnerte mich, wie wir einmal nebeneinander unter einem Apfelbaum gesessen hatten, befangen durch die Nähe des anderen, obwohl zwei Meter zwischen uns gewesen waren. Er hatte mich während unserer ganzen gemeinsamen Zeit kein einziges Mal berührt.

Aber einmal hatte er mir ein Gedicht geschenkt. Zu meinem Geburtstag. Ich glaubte mich zu erinnern, dass ich dieses Gedicht niemals weggeworfen hatte, obwohl ich Anton damals nicht wirklich ernsthaft nachgetrauert hatte. Ich machte mich auf die Suche danach. Wenn es tatsächlich mehr als ein halbes Jahrhundert überstanden haben sollte, musste es bei meinen alten Fotos sein. Da war es auch: Ein vergilbtes, in der Mitte gefaltetes Blatt Papier, mürbe geworden vom Lauf der Zeit, krakelig beschrieben, und als ich es zur Hand nahm, fiel ein Foto heraus.

Es war ein Passbild von Anton. Es zeigte ihn mit seinem glatten Haarschopf und der großen dunkel gefassten Brille. Er blickte ernst drein, ernst und artig wie ein Mensch, der keine Abgründe kennt, wie ein junger Mann, der zu einer tiefen und zärtlichen Liebe bereit ist. Hatte ich ihn damals wirklich nur wegen dieser Ohrfeige ziehen lassen? Auf einmal kam mir das unwahrscheinlich vor. Lag das nur daran, dass einem solche Kränkungen im Nachhinein oft gar nicht mehr so schlimm erscheinen? Oder war ich damals kalt gewesen, gefühlskalt und unreif?

»1947«, stand auf der Rückseite des Fotos. 1947 war ich achtzehn geworden. Damals war ich noch so ahnungslos. Vielleicht hatte Anton aber schon viel mehr über die Liebe gewusst als ich. Vielleicht war in Wahrheit gar nicht meine Mutter schuld an unserer Entfremdung gewesen, sondern nur ich selbst. Weil ich nichts begriffen hatte.

Ich öffnete den vergilbten Bogen und las:

Hab ein Brieferl Dir geschrieben,
weil Du heut Geburtstag hast.
Aus dem Garten bring ich Blumen,
und ein Sprüchlein wüsst' ich fast.
Wenn ich's nicht vergessen hätte!
Weißt, mein Herzlein geht so laut,
und ich spür, dass jeder Vogel,
jedes Bäumchen nach mir schaut.
Tu mich fürchten, tu mich schämen,
gell, Du wirst mich schon verstehn!
Dass ich lieb, so lieb Dich habe,
müssen doch nicht alle sehn.

Ich saß mit dem Blatt Papier da, das leicht und empfindlich war, als könnte es jeden Moment zwischen meinen Fingern zerfallen, und weinte. Die Tränen kamen plötzlich über mich, ich konnte gar nichts dagegen tun. Wo war die Zeit geblieben, und was war aus seiner Sehnsucht geworden?

Ich sprang auf, holte die Kiste, in der die Briefe lagen, die ich auf mein Inserat hin bekommen hatte. Ich wühlte darin, auf der Suche nach einem Mann, der damals, 1947, auch jung gewesen war. Der mich vielleicht verstehen würde und mir ein paar von den Gefühlen zurückgeben, die ich damals verloren und versäumt hatte. Der mir noch ein Gefährte sein könnte, ein Vertrauter. Der sich um mich kümmern würde und dem ich Freude schenken könnte. Er musste ja nicht unbedingt achtzig Jahre alt sein. Siebzig wäre auch in Ordnung. Siebzig wäre wahrscheinlich sogar besser.

Mit einem Mann dieses Alters Kontakt aufzunehmen, erschien mir als viel größeres Wagnis als die Treffen mit den jüngeren Männern. Junge Männer waren unkompliziert, da schien alles so leicht, und ich musste nicht gleich alles auf eine Waagschale legen. Ich weiß nicht, warum ich mich so viel mehr vor einem Treffen mit einem alten Mann fürchtete. Vielleicht war es die Angst davor, dass mir ein alter Mann so etwas wie einen Spiegel vorhalten würde. Dass ein alter Mann dem Spiel eine ernste Note geben würde. Aber was immer auch passieren würde: Ich hatte mir ja nichts vorzuwerfen.

Mir war klar, dass mit einem Siebzigjährigen im Bett nicht mehr viel laufen würde, aber das spielte in diesem Moment keine Rolle. Ich hatte auf einmal eine unbestimmte Sehnsucht nach etwas anderem als reinem Sex. Außerdem hatte ich gehört, dass alte Männer mit ihren Händen die tollsten Dinge zustande bringen konnten, mehr als so mancher junge Kerl mit seinem ganzen Körper. Es ist also einen Versuch wert, dachte ich, während ich mir einen der Briefe näher ansah.

Der Absender hieß Peter. Er hatte eine energische steile Männerschrift, und sein Text war ausgesprochen einfühlsam. Er beglückwünschte mich zu meinem Mut, so ein Inserat aufzugeben, und dazu, dass ich zu meinem Alter stehen würde. Er schrieb, dass er mich treffen wolle, und obwohl ich bei meinem Alter wie gesagt um zehn Jahre geschwindelt hatte, wählte ich umgehend seine Nummer.

Seine Stimme warf mich fast um. Sie war dunkel, samtweich und hatte dazu noch eine eigenartige Note, die ich nicht sofort benennen konnte. Sie erschien mir wie Musik. Ich hörte mehr auf ihren Klang als auf den Inhalt der Worte, die Peter sprach. Bald merkte ich, dass ich selbst an der Reihe gewesen wäre, etwas zu sagen, aber mir fiel nichts ein. Diese Stimme machte mich sprachlos.

Ruhig fragte er nach. Ich konzentrierte mich, und schließlich redeten wir über die bei so einem Anlass üblichen Dinge. Was man von einander erwartete, was man sich wünschte. Belangloses Zeug im Grunde, obwohl es genau das Gegenteil davon sein sollte. Ich hörte gar nicht richtig hin. Ich ließ mich von seiner Stimme tragen, und dabei fielen mir alle möglichen Dinge ein. Dass Musik schon immer wichtig für mich war, zum Beispiel.

Wir vereinbarten, dass er mich am nächsten Tag wieder anrufen würde, was er wie versprochen und äußerst pünktlich tat. Diesmal war ich nicht mehr bloß betört, sondern auch inhaltlich mehr bei der Sache. Ich gestand ihm, wie wohltuend ich seine Stimme fand. Er lachte gelöst, und sein Lachen war noch wohltuender.

Man hört ja oft von solchen Momenten. Es war, als würden wir uns schon ewig kennen, erzählen einem die Leute dann beglückt. Aber genauso war es bei Peter und mir. Da war eine Vertrautheit zwischen uns, die uns beide eigenartig berührte. Als wären wir es gewesen, die damals zwei Meter entfernt voneinander unter dem Apfelbaum gesessen hatten, und als hätten wir inzwischen schon oft über unsere Beklommenheit dabei gelacht.

Ich hatte ihm so viel zu erzählen, und er hörte mir geduldig zu. Und ich hörte ihm auch gerne zu. Er lebte alleine, seit er seine Frau, die er offenbar sehr geliebt hatte, vor zwanzig Jahren verloren hatte. Als er mir von ihrem Tod erzählte, fiel mir plötzlich ein, was für ein Klang in seiner Stimme noch mitschwang: Es war Traurigkeit. Seine Stimme klang dunkel, samtweich und traurig. Unendlich traurig.

Es ließ sich nicht gleich ein Termin für ein Treffen finden, an dem wir beide Zeit hatten. Vielleicht zögerte ich den Augenblick auch absichtlich hinaus, aus Furcht, die Begegnung könnte das Bild zerstören, das wir uns inzwischen voneinander machten. Umso intensiver wurden unsere Telefonate in den nächsten Tagen. Wir verhielten uns wie ein junges verliebtes Paar. Das letzte Telefonat des Tages begannen wir jeden Abend um genau halb elf, ohne dass wir das extra verabredet hätten. Er erzählte mir von seinen Träumen, die sich um mich rankten, auch von seinen erotischen, er beschrieb seine Vorstellungen von mir und machte mir unaufhörlich Komplimente. Für Schmeicheleien war ich sonst nicht besonders empfänglich, aber in seiner Tonart machten sie mich weich und träumerisch.

Er wollte wissen, wie ich ihn mir vorstellte. Also bat ich ihn, mir der Einfachheit halber ein Foto zu schicken. Es kam zwei Tage später in einem großen Kuvert.

Darin steckte ein Billet, in dem sich beim Öffnen ein Blumenstrauß entfaltete. Dabei lagen ein Brief und das Bild. Ganz fehlerfrei war der Brief nicht, aber das verzieh ich ihm, obwohl ich sonst Wert auf gute Rechtschreibung lege. Er war ja früher von Beruf Fleischhauer gewesen, ein recht erfolgreicher, wie es schien, weshalb es bei ihm vermutlich nicht so sehr auf ein fehlerfreies Schriftdeutsch angekommen war. Vielleicht war er auch etwas aus der Übung. Man schrieb ja nicht alle Tage Briefe. Und ich mochte trotzdem, wie er schrieb. Seine Worte waren zwar etwas ungelenk, aber sie waren auch voller Liebe.

Das Foto zeigte einen ansehnlichen Mann, der ganz anders aussah, als ich mir einen ehemaligen Fleischhauer vorstellte. Er war groß und schlank, hatte genau wie ich schlohweißes Haar und feine aristokratische Züge. Peter schrieb in seinem Brief, dass das Bild schon etwas älter sei, dass er aber noch immer ganz genauso aussehen würde. Und er sah auf dem Foto zwar nicht unbedingt jünger als siebzig aus, aber wie ein Siebzigjähriger, der noch agil und fit ist.

Wenn es in unseren Gesprächen um Sex ging, kam allerdings ein bestimmter Körperteil von ihm nie vor. Er erzählte mir nur vorsichtig, wie verrückt ihn die Vorstellung mache, mir dabei zuzusehen, wie ich mich selbst berühre, mich streichle und befriedige.

Das gab mir zu denken. Männer sind in dem Punkt ja ziemlich direkt, wie ich inzwischen ohne jeden Zweifel festgestellt hatte. Ich vermutete, dass der betreffende Körperteil wichtige Grundfunktionen nicht mehr zu erfüllen in der Lage war. Wenn das stimmt, dachte ich, ist das zwar bedauerlich, aber womöglich wirklich kein Hindernis für eine auch körperlich erfüllende Liebe.

Es war jedenfalls kein Hindernis, von ihm zu träumen. Ich war bereit, das Wagnis einzugehen.

Dann kam der Tag, an dem wir uns zum ersten Mal treffen sollten. Ich war aufgeregt wie ein junges Mädchen bei seinem ersten Rendezvous. Ich lud ihn zu mir nach Hause ein. Ich hatte mich schön gemacht und viel Zeit investiert, schon um die Vorfreude besser auskosten zu können.

Ich war noch gar nicht fertig mit meinen Vorbereitungen, da läutete es an der Tür. Ich sah auf die Uhr. Er war überpünktlich. Ich eilte ins Vorzimmer, hielt noch einmal inne – ein letzter Blick in den Spiegel, ein Lächeln – dann öffnete ich. Ein merkwürdiger Herr stand draußen vor der Tür. Ich dachte an einen Vertreter, denn er hatte eine große Tasche dabei, wie jemand, der etwas reparieren oder etwas verkaufen will. Seine Nase glich einer roten Knolle mit vielen blauen Äderchen.

Ich wollte den Mann schnell wieder loswerden, damit er nicht noch hier wäre, wenn Peter endlich käme. Ich versuchte es möglichst freundlich.

»Ja bitte?«, sagte ich.

Der Mann schaute zu Boden. »Ich bin Peter«, sagte er leise.

Ich starrte den Mann an und verstand zuerst gar nicht, was er da sagte. Gedankenfetzen zogen durch meinen Kopf. Mir wurde schwindlig. Ich lehnte mich kurz an den Türrahmen. Mein erstes Gefühl war gar nicht Enttäuschung. Es war eher ein Erschrecken, und ich glaube nicht, dass ich es besonders gut verbergen konnte. Mir stockte regelrecht der Atem. Dieser Mann, dachte ich verzweifelt, ist ja ein Greis!

Dann atmete ich tief durch. Schluckte. Schluckte die Erstarrung hinunter und versuchte ein freundliches Gesicht zu machen.

Wir könnten uns jetzt einfach verabschieden, dachte ich. Einfach verabschieden und so tun, als wäre nichts gewesen und am Telefon weiter voneinander träumen. Aber so war das Leben nun einmal nicht. Ich wollte diesem alten Herren, der mir so viele schöne Stunden beschert hatte, nicht wehtun.

»Komm doch herein«, sagte ich.

Gebückt trat er näher und sah mich scheu und unsicher an. Im Vorzimmer stellte er seine Tasche auf den Boden und wartete. Er hatte wirklich gar nichts mit dem weißhaarigen Herrn von dem Foto zu tun.

Ich tat alles, um ihm das Gefühl zu geben, willkommen zu sein. Ich bin so oft verletzt worden, ich weiß, wie sich das anfühlt und möchte das niemandem antun. Es war natürlich nicht nur meine Schuld, dass ich ein völlig falsches Bild von ihm entwickelt hatte. Er hatte mit meinen Sehnsüchten gespielt, wohl halb in der Erwartung, dass ich mich am Ende schon mit der Realität abfinden würde. Aber es war doch auch ein wenig meine Schuld. Ich hatte bereitwillig an dieses Bild, das er von sich erschaffen wollte, geglaubt. Es ist immer einfacher, sich in jemanden zu verlieben, den man kaum kennt, weil ein Mensch nie so perfekt sein wird, wie das Bild, das man sich in seiner Verliebtheit von ihm macht. Natürlich hatte ich das gewusst und geahnt, dass auch Peter nicht so wunderbar sein würde wie mein Bild von ihm. Aber dass dieser Mann so stark von meinem Traumbild abweichen würde, hatte ich trotzdem nicht für möglich gehalten.

Als er sich umständlich seines Mantels entledigte, sah ich, dass er an den Armen schlaffe, hängende Falten hatte. Ich führte ihn in mein Wohnzimmer, wo er auf dem Sofa Platz nahm. Ich betrachtete ihn. Sah, dass seine legeren Jeans nur notdürftig verbargen, wie dürr seine Beine waren, nichts außer Haut und

Knochen. Schlank wäre eindeutig das falsche Wort für diesen Mann gewesen. Seine Hände waren knochig, sein Gesicht voller tiefer kummervoller Falten. Und seine rote, knollige Nase stimmte mich besonders traurig. Es war die Nase eines Trinkers.

Schon wieder ein Trinker! Wie hatte mir das nur passieren können? Ich wusste nicht, was ich tun sollte. In meiner Verunsicherung begann ich zu reden. Ich redete und redete, um ihn meine Ernüchterung nicht spüren zu lassen. Er tat mir unendlich leid. Also erzählte ich immer weiter, ohne zu wissen, was ich da eigentlich sprach.

Ich hatte Kaffee bereitgestellt. Ich wusste, dass er Kaffee liebte. Er hatte mir am Telefon erzählt, dass er jeden Tag zehn oder zwölf Tassen trank, sogar nachts. Jetzt interessierte er sich aber gar nicht dafür. Mit wirren Bewegungen fing er an, seine Tasche auszuräumen. Darin befanden sich lauter Geschenke für mich, die er nach und nach auf das Couchtischchen legte. Verschiedene Parfums, Cremen, Cognac, fünf Garnituren Spitzenunterwäsche in allen möglichen Farben, Schmuck, Sektgläser und Schokolade. Viel Schokolade.

Ich wollte ihn am Auspacken hindern, wollte ihm sofort die Wahrheit sagen. Dass das nichts werden würde mit uns, dass er gar nicht erst versuchen sollte, mich zu überzeugen, dass ihn das höchstens erniedrigen würde. Ich schaffte es aber nicht. Vielleicht wollte er mich für die Märchen entschädigen, die er mir am Telefon erzählt hatte. Vielleicht dachte er, ich würde mich nur zieren. Aber diese Geschenke machten alles nur noch schlimmer.

Ich verstummte und sah nur auf die vielen Dinge, die nun neben meinem Sofa lagen, ohne zu wissen, was ich tun sollte. Da schaute er plötzlich auf und sah mir zum ersten Mal in die Augen. Er sagte, dass ich wunderschön sei, noch schöner, als er sich mich vorgestellt hätte.

Vielleicht war er nur höflich, aber ich nahm seine Komplimente für bare Münze. Ich lächelte etwas unbeholfen und hoffte, dass er nicht dachte, die Dinge würden jetzt für ihn in die richtige Richtung laufen.

Ich stand schnell auf, holte Kekse aus der Küche und stellte sie auf den Tisch, aber er nahm keine. Er erinnerte mich daran, dass er schwer zuckerkrank war. Ich konnte mich nicht erinnern, dass er mir das erzählt hatte. Er hatte nur erzählt, dass er einmal schwer krank gewesen sei. Vor vierzig Jahren hatten ihm die Ärzte gesagt, dass ihm nicht mehr allzu viel Zeit bleiben würde. Das hatte er all die Jahre mit sich herumgetragen. Bis seine Frau sogar noch vor ihm gestorben war.

Er hatte es wirklich nicht leicht gehabt. Und jetzt musste ich es ihm noch einmal schwer machen. Ich hätte mich gerne zu ihm gesetzt, ihn gestreichelt und getröstet. Aber das wäre natürlich dumm gewesen.

Trotzdem legte sich seine Zurückhaltung allmählich. Er erzählte mir von seinem Haus, seinem Garten und seinem Hund. Ich hörte zu. Dann deutete er an, dass er schon ein paar Versuche mit Frauen unternommen hatte, seit er Witwer war. Wenig erfolgreich offenbar.

»Manche Frauen sind schwierig«, sagte er. »Die haben etwas dagegen, wenn ein Mann einmal ein Glas Wein trinkt.«

Ich nickte. Auf die Art, die er meinte, war ich auch schwierig. Ich brauchte kein schlechtes Gewissen zu haben. Er war ein Trinker. Ich hatte schon genug Erfahrungen mit Trinkern gemacht. Ein Trinker konnte von einer Frau nichts erwarten, sollte von einer Frau nichts erwarten. Langsam fing ich an, seine Geschenke wieder in die Tasche zu räumen. Ich hatte mich entschlossen, die Sache jetzt zu klären, zu beenden.

»Ich könnte freundlich und lieb zu dir sein«, sagte ich vorsichtig, »aber nicht auf die Art, die du dir wünschst.«

Nachdem ich diesen Satz herausgebracht hatte, flüchtete ich mich noch kurz in allerlei Gerede. Er schaute mich nur mehr stumm an. Ich brachte ihn ins Vorzimmer, begleitete ihn zum Bus. Sein Auto sei in Reparatur, sagte er noch entschuldigend. Ich winkte ihm nach, als der Bus abfuhr.

Am nächsten Tag rief er mich an. Seine Stimme klang harsch. »Du verbrennst meine Briefe am besten, und meine Telefonnummer löschst du einfach«, sagte er.

»Warum sollte ich das tun?«, fragte ich. »Ich werde deine wunderschöne Stimme und die Stunden mit dir am Telefon als schöne Erinnerung bewahren.« Das stimmte auch. Aber natürlich konnten wir nicht mehr miteinander reden wie zuvor. Er hatte sich zurück in ein Schneckenhaus gezogen. Das machte mich traurig, obwohl ich wusste, dass es besser so war.

Ich legte auf und wusste, dass ich nie wieder von ihm hören würde.

Ich ging zum Fensterbrett, wo die ganze Zeit über das Gedicht von Anton gelegen hatte.

Weißt, mein Herzlein geht so laut,
und ich spür, dass jeder Vogel,
jedes Bäumchen nach mir schaut.

Wer weiß, was wirklich aus Anton geworden war. Als Apotheker musste er jedenfalls gut verdient haben. Vielleicht hatte er die Welt gesehen. Aber das konnte ich nicht wissen. Es war sinnlos, über ihn nachzudenken. Denn es war sehr wahrscheinlich, dass er inzwischen gestorben war. Wie viele Männer werden schon achtzig.

Aber ich lebte noch. Ich war lebendig und gesund, ich sah noch gut aus, ich hatte noch Spaß, ich hatte sogar noch – oder besser gesagt wieder – Lust am Sex. Mein Leben lag in der Zukunft, nicht in der Vergangenheit. Ich hatte Lust auf neue Abenteuer. Es musste ja nicht in alle Ewigkeit so weitergehen. So lange, wie mein Leben noch dauerte, würde mir schon reichen.

Irgendwann kommt einfach unweigerlich der Punkt, an dem Frauen Männern endgültig überlegen sind, dachte ich. Wenn er nicht mit der Emanzipation kommt, kommt er mit den Jahren.

Ich legte das Gedicht zurück in die Mappe mit den alten Fotos und schloss sie weg. Dabei weinte ich zum zweiten Mal innerhalb weniger Tage.

14

Noch im Sommer gab ich ein paar neue Anzeigen auf, diesmal aber ohne Alterskorrektur. Und ich beschloss auch, meine Wünsche wieder mehr auf meine körperlichen Sehnsüchte zu konzentrieren.

In den folgenden Wochen meldeten sich hunderte Männer. Sie waren zwischen siebzehn und sechzig, mit einem deutlichen Überhang bei den jüngeren. Ich wunderte mich längst nicht mehr darüber. »Männer, die Damen Ihres Alters mögen«, hatte der Arzt in Wiener Neudorf gesagt. Es gab eine wissenschaftliche Bezeichnung dafür: Gerontophilie. Die Vorliebe eines Menschen für deutlich ältere Partner. Von Frauen kennt man so ein Phänomen ja eher, aber ich hätte nie gedacht, dass es derlei bei Männern gibt, schon gar nicht in diesem Ausmaß. Die wenigsten Männer redeten von sich aus darüber. Aber wenn ich sie darauf ansprach, machten sie auch kein Geheimnis daraus. Ja, sie würden alte Damen bevorzugen. Ja, sie wären auch schon bei anderen alten Damen gewesen. Manche hatten sogar schon dafür bezahlt und wussten genau, wo diese Art von Dienstleistungen angeboten wurde. Aber meistens fragte ich gar nicht danach.

Nur manchmal fragte ich mich, was die jungen Frauen dieser Männer sagen würden, wenn sie wüssten, dass sie mit einer Achtzigjährigen betrogen wurden. Aber im Grunde waren mir auch diese Dinge egal.

Mir war es egal, warum diese Männer mich begehrten. Ich wollte nur begehrt werden. Und was war schon dabei? Jeder Mann hat bestimmte Vorlieben. Manche Männer lieben dunkle, andere helle Frauen, manche lieben junge, manche alte Frauen. Wer legt den Rahmen fest, was normal ist? Normal ist doch, was niemandem schadet. Wenn Männer, die alte Frauen mögen, mit ihnen schlafen, wem schadet das? Und wenn eine Frau mit achtzig in der Liebe nachzuholen versucht, was sie in mehr als einem halben Jahrhundert versäumt hat, wem sollte das schaden?

Höchstens ihr selbst, dachte ich, wenn ich mir diese Frage manchmal stellte. Und ich ärgerte mich immer selbst, wenn ich mir diese Antwort gab. Denn ich hatte eigentlich nie Angst davor, dass mir einer der Männer etwas antun könnte. Meine Ängste waren unbestimmt. Ich hatte eben manchmal das Gefühl, etwas Falsches zu tun. Wenn ich dieses Gefühl analysieren wollte, fand ich keine reale Basis dafür. Es war die Folge einer Kindheit in den Dreißiger- und einer Jugend in den Vierzigerjahren. Es war die Folge der Spießigkeit der Gesellschaft, in der ich aufgewachsen war und die auch bestimmen wollte, welche Art von Sex in Ordnung war und welche nicht. Jene, die nicht in Ordnung war, wurde nicht definitiv verboten, sondern sie war einfach tabu. Deshalb konnte ich nicht das Gefühl haben, etwas Verbotenes zu tun, sondern meine Schuldgefühle kamen von innen und nagten manchmal schwächer und manchmal stärker an mir. Die gesellschaftlichen Grundprinzipien hatten sich in all den Jahren nicht verändert, es hatten sich nicht einmal die Grenzen des Erlaubten wesentlich verschoben. Es hatten bloß alle angefangen, über das Erlaubte lauter zu reden. Junge Frauen wurden nackt und in immer eindeutigeren Posen plakatiert, aber was ist daran sexuelle Freiheit? Sexuelle Freiheit bestünde darin, wenn jeder jeden das tun lassen würde, was niemand anderem schadet. Aber sogar in der Kolumne im Wiener, »Pandoras Box«, schreibt die Autorin ihr Plädoyer für die freie Liebe lieber anonym. Und was würde passieren, wenn Roberts Mitarbeiter und Kunden erfahren würden, dass er mit einer Frau wie mir vögelte?

Ich sortierte die Briefe gründlich aus und warf lieber zu viele als zu wenige weg. Dennoch kam ich von Ende August bis Anfang Januar auf über fünfzig Männer, die mich besuchten. Etwa zehn ließ ich nach einigen Minuten wieder gehen. Besonders dann, wenn ich erkannte, dass sie mich in ihrem Brief zum Beispiel bezüglich ihres Alters angelogen hatten. Nach der Geschichte mit Peter hatte ich erst einmal genug von alten Männern. Außerdem sind Männer über fünfzig schwierig. Ich weiß nicht genau, was sie suchen, aber jedenfalls nicht dasselbe, was ich damals suchte. Ich suchte Lust, das Vergnügen des Augenblicks, und wenn sich mehr daraus entspinnen sollte, umso besser. Aber Männer über fünfzig haben meistens schon Potenzprobleme, es sei denn, sie sind schlank und sportlich. Und je älter sie werden, desto mehr wollen sie vielleicht, aber desto weniger können sie. Es gibt immer wieder diese Geschichten von Siebzig-, Achtzig- oder sogar Neunzigjährigen, die noch Kinder zeugen, aber wer weiß, wie die dazu kommen. Männer haben es im Vergleich zu uns Frauen wirklich schwer.

Ich versuchte es noch mit einem einzigen Mann über sechzig, aber er konnte nicht. Dann war er depressiv, und ich musste ihn trösten. Auf so etwas hatte ich wirklich keine Lust.

Damals dachte ich, dass mein Alter nicht nur deswegen von Vorteil ist, weil ich jetzt entspannter und vor allem frei von Ehemännern bin, sondern auch, weil ich nicht mehr so attraktiv wie eine junge Frau bin. Ich war nie das perfekte Unterwäschemodell und bin jetzt von derartigen Maßstäben so weit entfernt, wie man nur irgendwie sein kann.

Das heißt, dass mich die Männer nicht mehr wegen perfekter Formen lieben, die sie von einer Achtzigjährigen ja auch gar nicht erwarten können, sondern für etwas anderes: Für eine Weiblichkeit, die vom körperlichen Aussehen eher unabhängig ist, die Männer durch Bewegungen, Gesten, Worte erregt. Jung ist an mir offenbar meine Stimme, zumindest sagten mir das einige Männer schon am Telefon.

Auf der Suche nach etwas, das stabiler sein würde, traf ich manche Männer nur einmal, dann wollte ich nicht mehr, oder sie meldeten sich nicht mehr. Wie das eben so ist.

Einer kam im Herbst zweimal zu mir. Er war sehr sympathisch, seine Stimme war ruhig, er lächelte freundlich, wenn er mir Komplimente über meine weichen Hände machte, über meine Art zu sprechen und über meine Augen. Wir tranken lange Kaffee an dem Tischchen mit dem Sofa und meinem kleinen Fernseher in Sichtweite. Er war Musiker, knapp über dreißig Jahre alt und noch ledig.

Bei seinem ersten Besuch kochte ich nach einigen Stunden Kaffee nach und öffnete eine weitere Packung Orangensaft. Dabei erzählte ich ihm über meine Zeit als Erzieherin, darüber, wie ich bei einem englischen Offizier eingestellt gewesen war, dessen dreijähriger Sohn ein sehr schwieriges Kind war. Nach einigen Monaten hatte mich das Kind liebgewonnen und folgte mir aufs Wort, und zwar nur mir. Der Offizier verliebte sich in mich. Wenn ich seinen Sohn auf dem Schoß hatte, nahm er das oft als Vorwand, sich zu mir zu setzen. Dann fuhr er dem Kind so durchs Haar, dass er dabei auch meine Brust berührte. Er machte mir kleine und größere Geschenke, Haarspangen, Schuhe, Schokolade. Er fasste mir oft, wenn er mich ansprach, an die Schulter. Wenn wir uns in der Wohnung begegneten, ging er so nah an mir vorbei, dass wir uns berührten.

Während ich das dem Musiker erzählte und schon fast dachte, dass aus Sex mit ihm nichts mehr werden würde, griff er vorsichtig nach meinem Kopf und legte ihn sich auf die Schulter. Ich fühlte seinen Atem, erzählte weiter, sprach auch meine Phantasien an, die ich damals gehabt hatte, meine Hoffnungen, dass mich der Offizier einmal verführen oder zwingen würde.

Dann fragte ich den Musiker, mit welchen Hoffnungen er zu mir gekommen sei. Er lachte.

»Die Unterschiede interessieren mich«, sagte er. »Jetzt habe ich schon einen gesehen: Solche Geschichten würde mir eine junge Frau auf so eine Art niemals erzählen.«

»Und andere Unterschiede?«, fragte ich.

»Die anderen werde ich wohl noch erfahren«, sagte er ernst.

Ich schmiegte mich an ihn, ergriff mit der Hand seinen Oberarm, befühlte die Muskeln.

»Und Gemeinsamkeiten mit den jungen Frauen?«, fragte ich.

»Frauen bleiben Frauen. Wenn ich dir so wie jetzt den Rücken streichle, bist du einfach eine Frau.«

Ich schwieg.

»Hast du es schon einmal von hinten probiert?«, fragte er.

»Anal?«, fragte ich.

»Ja.«

»Nein«, sagte ich.

»Möchtest du es versuchen?«, fragte er.

»Ja«, sagte ich leise und fühlte mich wie ein unerfahrenes Mädchen.

Dann wurde er ungeduldig. Er küsste mich ein paar Mal flüchtig, zog mich aus, zog mich ins Bett. Er drückte mit der Hand ziemlich fest auf meine Klitoris. Er hatte es wohl eilig. Ich war gerade erst feucht geworden, da legte er mich auf den Bauch und zog meine Hinterbacken auseinander.

Ich hätte erwartet, dass er irgendetwas tun würde, um meinen Schließmuskel zu entspannen, aber nein, er weitete ihn nur kurz mit zwei Fingern, und schon drang er ein. Es tat so weh, dass ich Sternchen sah. Ich fühlte, wie sein Penis an meinen Darmwänden klebte, wie er sich nicht an ihnen, sondern mit ihnen bewegte. Der Schmerz wurde größer, und ich bekam Angst, ohnmächtig zu werden. Ich fühlte, wie mein Kreislauf nicht mehr mitmachen wollte. Ich wollte mich umdrehen, aber er hielt mich fest. Ich griff hinter mich, erfasste sein Haar, zog fest daran, bis er aufheulte. Ich rief, dass er sofort aufhören sollte. Er gehorchte, ich atmete auf.

»Hat es dir wehgetan?«, fragte er.

»Und wie, du Depp!«, schimpfte ich.

»Oje«, seufzte er, und nachdem er kurz geschwiegen hatte, entschuldigte er sich etwa eine Stunde lang.

Ich ließ ihn sich anziehen und warf ihn hinaus. Er fragte, ob er mich dennoch noch einmal besuchen könne. Ich war noch etwas benommen und bejahte. Er nannte irgendein Datum, ich bejahte, damit er endlich ging.

Als er weg war, duschte ich. Ich fühlte mich nicht schlecht, das nicht, die warme Dusche tat einfach gut. Ich stellte mir vor, wie es wäre, wenn es jemand von hinten gut machen könnte. Ich griff mit dem Finger einer Hand in die Scheide, mit dem der anderen in den Anus, drückte die Finger zusammen, untersuchte, wie die empfindlichen Stellen verliefen.

Ich befand, dass es durchaus interessant sein könnte, wenn der Penis in der Darmwand die Scheide entlang fahren würde. Vielleicht sollte ich Gleitmittel kaufen, dachte ich. Vielleicht sollte ich jemanden bitten, für mich Gleitmittel zu kaufen.

Ich stellte mir vor, wie es wäre, meinen jüngsten Sohn anzurufen, um ihm über mein Erlebnis mit dem Musiker zu erzählen.

Ich stellte mir vor, wie er lacht und sagt: »Aber Mama, warum weißt du so etwas nicht! Da brauchst du natürlich ein Gleitgel, das ist doch klar!«

Dann stellte ich mir vor, wie ich mich nicht traue, ihn zu bitten, mir das Mittel zu kaufen, und wie er von selbst nicht auf die Idee kommt.

Schließlich malte ich mir aus, wie mein Jüngster meinem Ältesten alles verrät und wie mein Ältester mich sofort anruft, sich Sorgen macht und schimpft: »Such dir doch einen gleichaltrigen Mann, mit dem wird dir so etwas nicht passieren!«

Und ich würde antworten: »Mit einem Gleichaltrigen kann ich doch bestenfalls Tauben füttern!«

Er würde sagen: »Was hast du dagegen, Tauben zu füttern?«

Ich würde trotzig rufen: »Tauben füttere ich, wenn ich im Altersheim bin!«

Er würde trotzig einwerfen: »Im Altersheim ficken doch eh alle!«

Und ich würde beleidigt sein und fast schreien: »Mich wird niemand ins Alterheim bekommen, und Tauben füttern werde ich auch nie! Mir gefallen jüngere Männer, ich gefalle ihnen und das muss doch in Ordnung sein!«

Dann würde er auflegen, ohne sich zu verabschieden. Und ich würde weinen, dachte ich.

Also ließ ich das Telefon lieber in Ruhe und behielt meine Bedenken und Erlebnisse für mich. Ich war betrübt, dass ich nicht einmal eine Freundin anrufen konnte. Ich kleidete mich an, um einen Spaziergang zu machen. Draußen schneite es schon, der Winter war früh hereingebrochen.

Im Treppenhaus grüßte mich die Nachbarin aus dem Erdgeschoß: »Grüß Gott, Frau Vavrik, hatten Sie wieder Besuch?«

»Das war mein Neffe«, log ich sinnloserweise.

»Ach so! Er hat sich auch wirklich wie ein Neffe angehört!«

Sie musste unbedingt zeigen, dass sie alles wusste.

Die Gehsteige waren rutschig. Ich ging nicht allzu weit. Die Blätter der Kirschbäume mischten sich mit dem Schnee. Der Himmel zeigte ein schönes Weiß, das allerdings schnell in ein abendliches Graugelb überging.

Was für ein Tag, dachte ich.

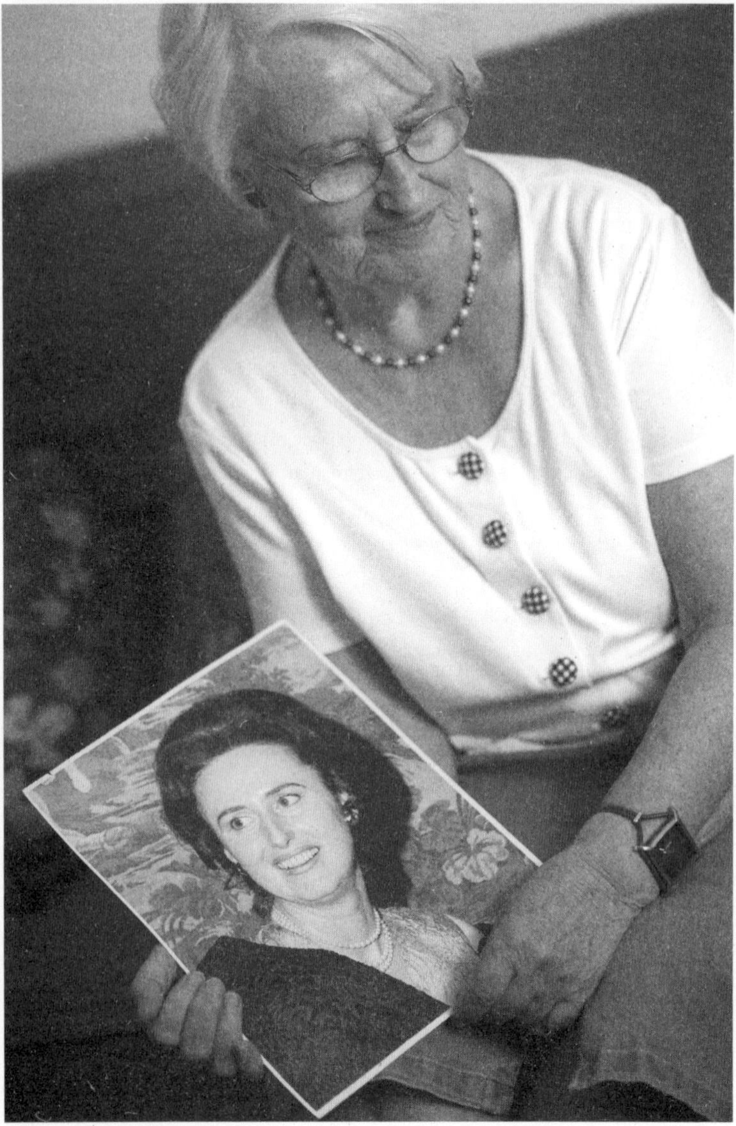

15

Vielleicht waren die Bedenken, die mein ältester Sohn hätte, wenn er alles wüsste, doch berechtigt. Vielleicht waren sogar die Spötteleien meiner Nachbarin nicht ganz unberechtigt. Manchmal, wenn ich darüber nachdachte, was ich eigentlich tat, kam mein früheres Ich zum Vorschein, dann hörte ich im Geiste die Stimme meiner Mutter und spürte das Entsetzen, das die meisten Menschen, die ich in meinem Leben gekannt hatte, einer Frau wie mir entgegengebracht hätten. Und dann fühlte ich kurzzeitig eine Scham, die mich zu ersticken drohte. Aber meist fasste ich mich sehr schnell wieder. Ich war jetzt eine andere. Ich tat, was mir gefiel. Und ich machte damit auch noch andere glücklich. Niemand hat ein Recht, darüber zu urteilen, was zwei Menschen miteinander tun, was zwei Menschen glücklich macht.

Ein paar Tage nach diesem Treffen mit dem Musiker war ich mit einem Mann verabredet, der mich am Telefon gebeten hatte, mich eine Woche vor seinem Besuch nicht zu waschen. Wirklich begeistert war ich nicht von der Idee, aber seine Stimme hatte nett geklungen. Also kam ich seinem Wunsch immerhin so weit entgegen, dass ich mich zumindest am Tag seines Besuchs und am Vortag nicht wusch.

Zur vereinbarten Zeit läutete er an der Tür. Ich öffnete, und vor mir stand ein dunkelhaariger, schlanker und groß gewachsener Mann mit einem schnurgeraden Scheitel und einem penibel gepflegten Schnurrbart. Er stellte sich als Hermann Gustav Landauer vor, aber ich nannte ihn von unserer ersten Begegnung an nur noch den Grafen. Diesem Spitznamen entsprach zunächst auch sein Benehmen. Er war übertrieben höflich. Sogar in meiner eigenen Wohnung hielt er mir die Türen auf. Ich konnte gar nicht schnell genug schauen, schon hatte er mir Kaffee nachgeschenkt. Er lachte über jeden noch so dummen Witz von mir und lobte meinen Geschmack bezüglich der Einrichtung meiner Wohnung. So gab er mir innerhalb weniger Minuten unglaublich viel Selbstsicherheit und Ruhe.

Dann fragte er mich mit seiner exakten Aussprache und seiner tiefen Stimme unvermittelt, ob ich seinen Wunsch bezüglich der Körperhygiene erfüllt hätte. Ich log und bejahte. Das stellte sich als Fehler heraus, denn es war, als wäre dieser gepflegte Herr mit einem Mal vollkommen verrückt geworden. Er stürzte sich auf mich, grub seine Nase zwischen meine Brüste und unter meine Achseln, seufzte laut und rief ekstatisch, was für einen großartigen Geruch ich hätte.

Ich konnte nicht anders, als ihn zu fragen, ob mit ihm alles in Ordnung sei. Anstatt zu antworten, brüllte er die eigenartigsten Dinge. Nicht nur den Schweiß und den Ausfluss, sondern auch den Talg wolle er mir vom Körper lecken, mit meinen Achselhaarstoppeln wolle er seine Zunge aufrauen, meine Zehen wolle er schlucken. Gerade, dass er nicht sagte, dass er sich aus meinem Fußpilz, den ich nicht hatte, ein Essen zubereiten wolle.

Ich schob ihn weg. Er zwirbelte mit zwei Fingern die eine Spitze seines Schnurrbarts und fragte mit seiner bedächtigen Stimme: »Möchtest du jetzt nicht pissen oder scheißen gehen?«

»Wie bitte?«

»Ich würde gerne kosten. Mich interessiert der Geschmack einer reifen Frau!«, tönte er.

»Was kosten?«, fragte ich.

Er wollte meine Exkremente essen. Ich lachte, etwas anderes fiel mir nicht ein. Das war ihm peinlich. Er schwieg kurz. Dann begann er zu betteln. Und er bettelte so bemitleidenswert, dass ich sogar kurz überlegte, ihm zu gewähren, was er sich wünschte. Aber sobald mich das Mitleid zu dieser Überlegung getrieben hatte, sah ich das Bild vor mir, wie er seinen Schnurrbart mit etwas beschmutzte, das mit mir zu tun hatte. Mir war klar, dass ich dafür nicht zu haben war.

Er ließ nicht nach. Er betonte, dass mir das doch nicht schaden würde, dass auch die speziellen Prostituierten, zu denen er ging, keinen Schaden davon hätten. Dass es eben ein Zwang sei, sagte er. Dass seine Frau das nicht verstehe, dass er es aufgegeben habe, mit ihr darüber zu reden, dass sich aber diese Prostituierten auf diese Art leichtes Geld verdienen würden, weil ihm ein Becher genüge. Die Frauen selbst würden ihn gar nicht interessieren.

Bei mir würde er eine Ausnahme machen, sagte er, mit mir würde er schlafen, wenn ich es brauchte, als Ausgleich sozusagen. Ich zeigte auf die Tür. Er packte Mantel und Hut, verneigte sich tief vor mir und ging.

Während er gebettelt hatte, hatte das Telefon geläutet. Jetzt läutete es wieder. Ich hob ab. Der Musiker war dran.

»Hallo Elfriede«, sagte er.

»Hallo, was gibt es denn?«, fragte ich ärgerlich.

»Da war jemand bei dir, ich habe es gesehen«, sagte er.

»Du bist hier?«, fragte ich.

»Natürlich!«, rief er.

»Wieso?«

»Weil wir für heute ein Treffen vereinbart hatten. Keine Angst, ich verfolge dich nicht.«

»Das hatte ich wohl vergessen.«

»Darf ich zu dir kommen? Ich stehe vor der Tür.«

»Aber aufs Bett habe ich gerade wirklich keine Lust.«

»Das macht nichts. Wenn ich doch schon da bin …«

»Dann komm eben herauf.«

Er hatte die Türschwelle noch kaum überschritten, als er bereits unangenehm wurde.

»Du hast wohl schon gevögelt!«, sagte er.

Ich verneinte und bot ihm etwas zu trinken an. Wie der Graf hatte offenbar auch er gerade einen hartnäckigen Tag. Er fragte in einem fort, wie es gewesen sei, ob mein Hintern schmerze und so weiter. Er folgte mir auf Schritt und Tritt wie ein Hund, sein Blick wurde von Sekunde zu Sekunde vulgärer. Ich sagte, dass er auch wieder nach Hause fahren könne.

»Hast du also schon gevögelt oder nicht?«, fragte er.

»Glaub, was du willst«, antwortete ich diesmal.

»Willst du also jetzt, oder willst du nicht?«, fragte er wieder.

»Ich will jetzt ein Glas Wasser trinken«, sagte ich.

»Aha!«, rief er, weil ihm offenbar nichts mehr einfiel.

Dann griff er mir aufs Knie. Er stand, ich saß auf dem Sofa.

Er fragte: »Wie viele hast du so pro Monat?«

»Viele«, sagte ich.

Das Unangenehmste an der ganzen Sache war, dass es eigentlich nicht stimmte. Gerade in dieser Woche hatte ich außer dem Grafen und jetzt dem Musiker noch keinen Besuch gehabt. Fast keinen. Nur ein kleines Bürschchen hatte mich besucht. Ein junger schmächtiger Mann. Ich hatte ihm ein paar belegte Brote hergerichtet. Als ich ihm kurz die Wange streichelte, erzitterte er, stand plötzlich auf und eilte, ohne sich zu verabschieden, aus der Wohnung. Vorzeitige Ejakulation wahrscheinlich.

Der Musiker nervte mich, und ich hatte auch ein bisschen Angst, dass er durchdrehen würde. Gleichzeitig wollte ich eigentlich doch mit ihm ins Bett. Um ihn aber sozusagen brauchbar zu machen, musste ich ihn erst beruhigen. Das war nicht leicht. Ich erklärte ihm ruhig, dass ich außer mit ihm seit fast zwei Wochen mit niemandem geschlafen hätte und dass ich mir, nicht nur aus dieser meiner Not heraus, vorstellen könnte, mit ihm ins Bett zu gehen. Gleich darauf machte ich mir alles fast wieder zunichte, als ich vorher noch ins Bad wollte. Ich war eben wegen der Vorbereitung auf den Grafen etwas ungewaschen.

»Mir ist es doch egal, mit wem und wann du vögelst«, tobte er. »Aber dann sei wenigstens ehrlich! Jetzt willst du ins Bad? Also hast du gefickt. Dann dusch dich doch.«

»Ich bin ehrlich. Aber du musst dich jetzt entscheiden. Entweder du willst nicht. Dann verschwinde. Oder du willst. Dann beruhige dich. Lass mich duschen, und wenn du magst, dusch dich mit mir. Und vor allem: Sei heute vorsichtiger als beim letzten Mal. Sonst sehen wir uns nie wieder.«

Er murmelte etwas schwer Verständliches, das ich auch als Beleidigung auffassen hätte können, aber ich ließ mich von solchen Dingen inzwischen nicht mehr beirren. Ich zog mich vor seinen Augen noch im Wohnzimmer aus. Das wirkte auf ihn wie ein Sedativum und Aphrodisiakum zugleich. Seine Kinnlade fiel ihm fast bis auf die Brust, er kratze sich am Kopf, dann nickte er: »Ich komme mit ins Bad.«

Auch er entkleidete sich. Als er im Badezimmer ankam, stand ich schon in der Wanne.

Diesmal kam ich zu meinem Vorspiel, auch wenn er weder Einfallsreichtum noch besonders viel Gefühl dabei bewies. Immerhin konnte ich die Dauer des Vorspiels bestimmen, denn ich hatte ihm klargemacht, dass mit einer so greisen Frau wie mir Sex in der nassen Wanne aus Sicherheitsgründen undenkbar sei. Er konnte mich also erst haben, wenn ich bereit war, ins Schlafzimmer zu gehen. Dort warf er mich dann wieder auf den Bauch und zog meine Hinterbacken auseinander.

»Mach vorher noch irgendwas!«, rief ich.

»Was?«, fragte er dümmlich.

»Irgendwas mit den Fingern oder mit der Zunge, was weiß ich. Du bist hier doch der Erfahrene!«

Er seufzte leise, aber tatsächlich rang er sich dazu durch, zumindest mit den Händen mein noch ungeübtes Hinterteil zu entspannen. Nach einiger Zeit war das aber langweilig, und ich erlaubte ihm, endlich einzudringen. Das war dann auch etwas langweilig, weil es nicht gerade lang dauerte. Aber immerhin tat es nicht mehr ganz so sehr weh wie beim letzten Mal, und ich hatte das Gefühl, etwas gelernt zu haben. Und das ganz ohne Gleitmittel.

Die Gymnastikstunde

Abgesehen natürlich vom Anblick unseres Trainers, in den jede von uns Mädchen im Geheimen verliebt ist, mag ich an den Gymnastikstunden am liebsten das Duschen danach. Ich brauche immer viel länger als alle anderen. Ich spüre gerne den wärmenden Strahl auf meinem müden verschwitzten Körper.

Diesmal gehe ich weiter und führe den Duschkopf zwischen meine Beine. Meine Knie werden weich, und ich muss mich gegen die Kachelwand lehnen. Ich drücke meine Brust, lecke mir mit der Zunge die Finger und schließe die Augen. Ich lasse das Wasser genau auf meine Klitoris prasseln und fühle, wie meine Schamlippen anschwellen.

Zwischendurch nehme ich wieder mein Pflegeöl zur Hand und reibe damit meinen ganzen Körper ein, bis er überall glitschig geworden ist. Ich befühle meine Schultern, meinen Rücken, meinen Bauch, meine Ober- und Unterschenkel, meine Brust und meinen Hals, meine Füße, meinen Hintern, meine Muschi. Hastig greife ich jetzt wieder nach dem Duschkopf und lasse mich vom warmen Wasser massieren, während ich meine Schamlippen um meine Klitoris zusammendrücke.

Mir fällt auf, dass es draußen bei den Umkleidekabinen schon still geworden ist. Ich werde nervös. Ich fürchte, dass mich jemand erwischen könnte, drehe den Hahn ab, steige aus der Duschecke und trockne mich ab. Ich freue mich schon darauf, daheim weiterzumachen, und male mir die wildesten Techniken der Selbstbefriedigung aus. Mit Gel, ohne Gel, in der Dusche, im Bett oder auf dem Tisch, mit allen möglichen Utensilien aus meinem Haushalt.

Ich ziehe mir das Höschen und den BH an. Der Zippverschluss des Rocks klemmt. Der Trainer klopft an die Tür und fragt, ob alles in Ordnung sei. Ich antworte, dass mir nichts fehle, knöpfe rasch die Bluse zu und schlüpfe in den Pullover. Dann kämpfe ich weiter mit dem Rock.
Ich reiße an dem Zippverschluss, ziehe sanft daran und rede ihm schließlich sogar gut zu. Alles vergebens. Der Trainer draußen wird ungeduldig. Er will wohl nach Hause gehen. Wieder klopft er. Ich lasse ihn herein. Vielleicht kann er mir ja helfen. Er lacht angesichts meiner Schwierigkeiten und meint, dass ich den Rock ausziehen soll, damit er sich das Problem genauer ansehen kann. Ich gehorche. Er sagt, dass mir dieser Aufzug gut stehe, so ohne Rock. Ich mache ihm ein Kompliment für seine Trainingsmethoden. Er will sich meine Armmuskulatur ansehen, um festzustellen, wie sie sich entwickelt hat. Ich antworte, dass ich die Übungen doch ohnehin immer im ärmellosen Top mache, dass er es also wissen müsste. Aber ich erfülle ihm den Wunsch. Er darf meine Oberarme betasten, während ich in der Bluse, aber noch immer ohne Rock dastehe.

Er überhäuft mich mit Komplimenten über meine Muskulatur. Ich frage ihn gespielt naiv, ob er nicht auch meine Bauchmuskeln unter die Lupe nehmen wolle. Er will. Ich knöpfe die Bluse wieder auf, hebe die Arme, lehne mich an ein Waschbecken und beuge mich zurück. Er steht ganz nah bei mir und streicht mit den Händen von meinen Armen über die Achseln und die Brust zu meinem Bauch. Und das ist der Mann, den alle lieben! Ob er auch meine Kolleginnen so betastet? Sicher nicht, bin ich überzeugt.

Ich lege meine Arme um seinen Hals und gebe ihm einen Kuss. Er weicht zurück, sieht mich kurz an und greift mir dann zwischen die Beine. Ich dränge mich wieder an ihn und küsse ihn abermals, immer noch zurückhaltend, aber schon gieriger als eben noch.

Mein Höschen ist feucht geworden. Er fragt, ob ich genug geduscht hätte. Ich schüttle den Kopf. Sofort zieht er sich aus. Als ich es ihm gleichtun will, sagt er, dass ich noch bleiben soll, wie ich bin. Er ist jetzt nackt, und sein Schwanz steht schon halb. Ich fahre mit den Handflächen über seinen kräftigen Körper, von oben nach unten. Er hebt mich hoch und zieht mich in die Dusche.

Das Wasser rinnt uns durch die Haare und mir über die Kleider. Seine blauen Augen haben einen wilden Ausdruck bekommen. Ich bewundere seine Brustmuskulatur und reibe seinen Schwanz, bis er sich ganz aufgerichtet hat. Er seift mich mit meiner Pflegeölduschlotion ein und verreibt sie vor allem auf meinem BH und meinem Höschen. Ich flüstere, dass er mir schon die ganze Zeit über gefallen hat und dass er mich ficken soll, gleich, ohne Vorspiel. Aber er reibt und zieht lieber noch an meiner nassen Unterwäsche herum. Er will es langsam angehen, es erregt ihn. Seine Blicke werden wilder, seine Bewegungen und Griffe härter. Durch die nassen Körbchen presst er meine Brust, er zieht das Höschen zur Seite und drückt seinen Mittelfinger zwischen meine Schamlippen.

Ich bettle jetzt, dass er mich endlich nehmen soll, und massiere mit den Händen seinen Schwanz, so gut ich kann. Endlich erbarmt er sich und hebt mich hoch. Ich umfasse ihn mit den Beinen und mit einem Arm und helfe ihm mit der freien Hand, meine Unterhose beiseite zu schieben und in mich einzudringen.

Seine Muskeln spannen sich. Er drückt mich an die Kacheln, während ich mit meinem gesamten Gewicht auf seinem Penis sitze. Ich halte mich mit beiden Händen an ihm fest, während ich mich hebe und wieder fallen lasse. Er stößt mich so, dass ich den Duschstrahl auf einmal nicht mehr spüre, dass sich alle meine Sinne auf meine Scheidenwände, auf meine Schamlippen und auf meine Klitoris richten, und alles andere um mich verschwindet.

Bald bin ich knapp vor dem Orgasmus und kralle meine Fingernägel in seinen Rücken. Plötzlich hebt er mich höher, lässt seinen Schwanz aus mir gleiten und stellt mich auf den Boden. Er befiehlt mir, die Beine auseinander zu nehmen. So lässt er mich stehen. Er sieht mich an.

Ich stehe so breitbeinig da, wie es meine Anatomie nur irgendwie zulässt. Ein bisschen ärgere ich mich, weil er mich so hat stehen lassen, als ich schon beinahe gekommen war. Andererseits bin ich neugierig, was er mit mir anstellen wird. Wieder halte ich mich an ihm fest und vergrabe mein Gesicht in seiner nassen Schulter.

Jetzt nimmt er den Duschkopf vom Halter und kontrolliert die Wassertemperatur, indem er es mir auf die Lippen prasseln lässt. Dann schiebt er den Duschkopf so unter mein Höschen, dass das Wasser durch den Stoff nach außen rinnt. Jetzt dreht er den Duschkopf langsam in meinem Höschen um, und der warme Strahl erfüllt meine Muschi. Es ist um so viel besser als vorher, als ich mich selbst auf diese Art verwöhnt habe. Ich stehe regungslos in seiner Umarmung. Als er den Duschkopf zu bewegen beginnt, schreie ich. Das Wasser bildet in mir, ganz tief in mir einen Strudel und rinnt an der Vorderseite der Muschi wieder heraus. Bei der Klitoris sammelt es sich, wärmt sie, als würde ein von der Sonne aufgeheizter Stein in einem Bach von Thermalwasser umspült werden.

Ab und zu ebbt das Wasser bei meinem Kitzler ab, und ich fühle, wie sich Tropfen lösen und fallen. Ich komme. Meine Scheidenmuskeln kontrahieren, umfassen den warmen Wasserstrudel. Ich falle auf den Trainer nieder, der sich gebückt hat, um seine Vorrichtung besser bedienen zu können. Ich drücke ihn an mich und ziehe den BH hoch, um auch meine Brust an ihm reiben zu können. Dann küsse ich ihn wieder und ruhe mich an ihn geschmiegt aus.

Das Wasser strömt weiter aus mir. Der Trainer lässt den Duschkopf los, er bleibt zwischen dem Stoff meines Höschens und meiner Muschi stecken und richtet sich auf. Ich gehe in die Knie und nehme seinen Schwanz in den Mund. Der muskulöse Mann röchelt und stöhnt. Ich lecke über die Eichel und will es eigentlich ruhig und langsam angehen. Aber der Wasserstrudel in mir hat mich schon wieder erregt und wild gemacht. Ich packe seinen Hintern. Er ziert sich noch. Er ist nett und hat wohl Angst, dass er mir wehtun könnte. Aber ich umfasse seinen Schwanz mit den Lippen so eng ich kann und bewege meinen Kopf schneller und schneller. Er gibt seine Zurückhaltung auf, nimmt meinen Kopf mit beiden Händen und passt sich mit dem Becken meinem Rhythmus an.

Das Geräusch der fallenden Wasserströme mischt sich mit seinem Gebrüll. Wenn ich mich, während ich auf dem Boden knie, vorsichtig bewege, verändert der Duschkopf in meinem Höschen seinen Winkel und massiert mich auf andere Art. Mein Kopf dreht sich, die Duschkabine dreht sich, es dreht sich die Welt. Ich habe das Gefühl, in der Erde zu versinken und gleichzeitig in den Wolken zu schweben, aus den Wolken zu fallen.

Mit einem Mal zuckt er, brüllt auf, dreht das Wasser ab und spritzt mir in den Mund. Während er spritzt, macht er noch ein paar unbeholfene Stöße, rutscht dabei aus meinem Mund und spritzt mich voll. Ich recke ihm meinen Kopf entgegen und strecke die Zunge heraus, um seine Eichel zu lecken. Er keucht und sein muskelbepackter Körper stürzt kraftlos über mir zusammen.

Das plötzliche Aussetzen des Wasserstrahls hat mich wieder unglaublich erregt. Ich komme noch einmal in seiner Umarmung.

Wir liegen noch einige Zeit in der Duschecke. Er sitzt an die Wand gelehnt da, ich liege bäuchlings halb auf ihm, auf dem Halbgott, von dem alle meine Kolleginnen träumen, von dem sich aber keine Einzige von uns je erhofft hätte, auch nur einen leichten Wangenkuss zu erhalten.

16

Der Advent war da.

Auch Laxenburg war nicht von Weihnachtsdekorationen verschont geblieben. In den Fenstern über den kahlen Kirschbäumen blinkten bunte Kometen und Weihnachtsbäume.

Der Graf hatte mich angerufen.

»Entschuldige bitte, dass ich dich mit meinem doch, wie ich zugeben muss, etwas perversen Zwang so überfallen habe«, sagte er ruhig und überlegt.

»Nicht so schlimm«, antwortete ich.

»Du hast kein Internet zu Hause, oder?«, fragte er.

»Nein, wieso?«

»Weißt du, ich dachte mir, dass ich dich bei der Befriedigung deiner Bedürfnisse etwas unterstützen könnte. Ich verfüge nämlich über einige Erfahrung, was das Kennenlernen von Partnern für, sagen wir, besondere Arten der Liebe anbelangt. Kurz gesagt, ich kenne da eine Internet-Plattform, und wenn du willst, kann ich dort gern für dich inserieren. Es ist ziemlich seriös.«

Ich war einverstanden und diktierte ihm gleich einen Text für die Anzeige.

»Und dein Alter lassen wir so, wie es ist?«, fragte er.

»Aber natürlich. Lügen hilft selten. Ich stehe zu meinen neunundsiebzig Jahren«, lachte ich.

»Ausgezeichnet, ich rufe dich immer an, wenn eine Antwort ankommt«, sagte er.

Ich bedankte mich. Dann plauderten wir noch eine Zeit lang. Es zeigte sich, dass der Graf für all die Dinge, die ich sonst niemandem anvertrauen konnte, großes Verständnis hatte. Meine Unerfahrenheit mit Sex und meine Erlebnisse und Probleme mit den verschiedenen Männern konnte ich mit niemandem so gut besprechen. Meine Söhne würde es irritieren, die Nachbarn erst recht und die Männer, mit denen ich schlief, würde es nur unnötig eifersüchtig machen.

Ich erzählte dem Grafen also von den verschiedenen Stellungen, die ich bisher ausprobiert hatte. Endlich sprach ich auch über meine wenig erfolgreichen Versuche mit Analverkehr.

Als ich bemerkte, dass er zwar aufmerksam zuhörte, aber so gut wie überhaupt keine Ahnung von normalem Sex hatte, musste ich beinahe lachen. Ich hatte endlich einen Gesprächspartner mit einem offenen Ohr für meine Probleme gefunden.

Von da an meldete er sich regelmäßig, reichte mir Telefonnummern von verschiedenen Männern weiter, die er immer vorsortierte, und wir unterhielten uns über meine Erlebnisse. Manchmal sprachen wir über seine Familie, über seine Zwangsphantasien nur selten.

Die letzten zwei Männer, die noch auf meine alten Inserate in der Zeitung geantwortet hatten, waren ein Schotterunternehmer aus Wien und ein zu zwanzig Jahren Haft verurteilter Mörder.

Der Schotterunternehmer hieß Gerald Kerbler. Zum ersten Mal besuchte er mich in der dritten Adventwoche. Es war wunderbar. Schon bei der Begrüßung zerstreute er alle meine bisherigen Bedenken bezüglich meines neuen Lebensstils. Er war zwar etwas schüchtern, aber ich konnte gleich erkennen, dass er sich über unsere Begegnung freute. Mir ging es genauso.

Ich redete in einem fort über alle möglichen Themen, strich mir durchs Haar, lachte laut, lächelte leise, machte ihm Komplimente, tat einfach alles, was mir nur einfiel, um seine Aufmerksamkeit und Zuneigung zu gewinnen. Seine dunklen Augen, seine vollen Lippen, sein freundlicher Blick, seine gesamte Ausstrahlung weckten ein Gefühl in mir, das ich noch nicht kannte oder das ich vergessen hatte.

Ich kam mir wie ein Mädchen vor, das um jeden Preis versucht, dem geliebten Klassenkollegen aufzufallen. Dabei war der Klassenkollege bereits bei mir zu Hause und trank auf meinem Sofa Kaffee. Und das Ziel war mehr als erreichbar. Denn er war ein erwachsener Mann, der sehr wohl wusste, zu welchem Zweck er zu mir gekommen war.

Dieser Gedanke machte mich fröhlich. Was hatte ich mir nur Sorgen gemacht, dass mir etwas zustoßen könnte bei all den vielen Herrenbesuchen! Jetzt war dieser Gerald bei mir und mir war klar, dass ich all die Monate seit dem Frühling, vielleicht die ganzen vierzig Jahre seit meiner Scheidung oder überhaupt mein ganzes Leben lang, seit ich an Männer denken konnte, nur auf diesen einen hier gewartet hatte.

Jeder einzelne Mann, mit dem ich bis zu meinem vierzigsten Lebensjahr etwas gehabt hatte, war längst verstorben. Alle hatte ich sie überlebt, um einmal im Advent als Achtzigjährige diesen Fünfundvierzigjährigen kennenzulernen.

Er war weiterhin unglaublich verlegen. Ich erzählte etwas über den Schlosspark von Laxenburg. Und dann etwas über Pferde. Dabei hatte ich überhaupt keine Ahnung von diesen Tieren.

Er lächelte, sah zu Boden, schwieg. Ich bekam Angst, dass er es sich anders überlegen würde.

Ich erzählte etwas über meine Kinder und dann etwas über meine Arbeit im Erziehungsheim und über die Buchhandlung, die ich geführt hatte.

Ich wollte ihm etwas über sein Familienleben entlocken. Er sagte nichts, sah mir kurz in die Augen, dann wieder weg. Ich schnappte seinen Blick auf und war sofort davon überzeugt, dass seine Verlegenheit mit Zuneigung zusammenhängen musste. Alles jubelte in mir.

Mit dieser Überzeugung hätte es mir nichts mehr ausgemacht, es zumindest für heute beim Plaudern zu belassen. Das sagte ich ihm auch. Aber kaum hatte ich es ausgesprochen, hatte ich plötzlich wieder Angst, einen Fehler begangen zu haben, der alle meine Bemühungen zunichte machen würde.

»Willst du lieber Tee als Kaffee?«, fragte ich hastig, als würde gerade diese eine nicht gerade einfallsreiche Frage alles wiedergutmachen.

»Was hättest du denn für Tee?«, fragte er leise zurück.

»Mal schauen«, sagte ich und ging in die Küche.

Auch er stand auf. Er folgte mir. Ich öffnete den Schrank.

»Russischen Tee, Hagebuttentee, Kamillentee, Früchtetee ...«

Er stand hinter mir. Ich drehte mich um. Er wollte an mir vorbei nach einer Teepackung greifen. Ich fing ihn ab und küsste ihn. Er drückte mich an sich.

Märchen müssen einfach gut ausgehen.

Märchen dürfen einfach nicht schlecht ausgehen.

Im Bett war er genau so, wie ich es erhofft, erwartet und ersehnt hatte. Er war wunderbar zärtlich. Wunderbar resolut. Herrlich hart. Von Verlegenheit keine Spur mehr.

Er führte mich, und ich tat alles, was er wollte. Als er gekommen war, musste ich nur wenige Minuten warten, bis er meine Hand nahm und sie zu seinem hübschen Glied führte, damit sich alles wiederholen konnte. Die Wiederholung war noch um einiges besser. Nicht nur, dass kein Vorspiel mehr nötig war. Er war jetzt noch entspannter, und wir gingen Stellung für Stellung durch wie im Sexlehrbuch. Jede einzelne kosteten wir aus.

Als ich auf dem Bauch lag, Arme und Beine nach allen Seiten gestreckt, drückte er sich so nah und so fest an mich, wie er nur konnte.

»Ich werde dich noch oft besuchen kommen. Sehr oft«, flüsterte er mir ins Ohr.

»Ich dich auch«, antwortete ich geistesabwesend.

Anstatt zu lachen oder sich zu wundern, machte er seinen Körper leicht und streichelte mir durchs Haar. Ich zuckte leicht mit dem Hintern, fasste mit meinen Scheidenmuskeln sein Glied, ließ los, fasste es wieder.

Er nahm mich an der Schulter und drehte mich zur Seite. Ich drückte mein Becken an das seine. Seine Bewegungen wurden schnell. Ich wurde laut. Er wurde laut. Zeit verging. Als ich wieder – die Höhepunkte ließen sich nicht mehr zählen – zu zucken begann, lag ich plötzlich auf dem Rücken. Er lag auf mir, und so brachten wir es gemeinsam zu Ende.

17

Nachdem er gegangen war, legte ich mich schlafen. Ich träumte davon, mit welchen Hoffnungen ich meinen ersten Mann geheiratet hatte. Ich stand lang vor der Auslage seines Waschmaschinengeschäfts. Seine Waschmaschinen waren damals eine große neue Erfindung. Es waren hohe, schlanke Zylinder, aus denen oben eine Stange zum Pumpen ragte. Sie funktionierten, indem man händisch mit hohem Druck Wasser durch die Fasern der Kleidung presste. Das ersetzte auch das Schleudern. Gegenüber dem Waschbrett und der Walze war das ein großer Fortschritt. Ich las die Werbetexte auf den bunten Plakaten. »Die Pumpe macht der Frau das Leben leicht«, stand dort. Und: »Glück bereitet, gute Miene – die neue Pumpenwaschmaschine!«

Die Waschmaschinenpumpen bewegten sich von selbst, wenn ich sie ansah, langsam, ganz langsam glitten hinter der Auslagenscheibe die Pumpstangen auf und ab. Mein erster Mann stand neben mir, er strich mir über die Wange und ging dann ins Geschäft. Ich folgte ihm. Er deutete mir, mich auf einen Hocker vor eine der Maschinen zu setzen. Ich sollte Vorführerin werden. Ich setzte mich und nahm die Pumpe in die Hände. Er umfasste meine Hände mit den seinen. Wir pumpten gemeinsam. Immer schneller.

Meine Lippen begannen sich zu bewegen, und ich hörte mich sprechen: »Es ist nichts so kinderleicht und zeitsparend wie diese Art des Wäschewaschens. Einfach hier regelmäßig Wasser nachfüllen. Die Maschine sollte natürlich über einem Eimer oder Abfluss platziert werden. Aber wie Sie sehen: Beim richtigen Pumpen rinnt das Wasser in regelmäßigen Stößen aus der Ausflussröhre, und es ist so gut wie unmöglich, den Eimer zu verfehlen.«

»Du machst es sehr schön«, sagte mein erster Mann, »Du bist auch sehr schön.«

Er legte mir einen Pelz um.

»Ich habe ein Modegeschäft«, sagte mein erster Mann, »du bist jetzt Mannequin.«

Der Pelz war weich und duftete. Ich ging durch einen langen Raum auf einem langen Laufsteg. Blitze von Fotoapparaten knallten. Unter mir waren überall schlanke Damen mit bunten Handtäschchen, die genauso wie ich ganz in Pelz gekleidet waren. Sie trugen schwere Ringe auf den zarten Fingern, die Finger öffneten die Handtäschchen und aus den Handtäschchen ragten Waschmaschinenpumpen. Und das Laugenwasser schwappte über die Taschenränder.

Vor mir in der Ferne, am Ende des Laufstegs, stand mein erster Mann und winkte. Mein Schritt wurde schneller. Mein erster Mann lachte und pumpte mit einem seiner Geräte.

Hinter mir war Gerald und hob meinen Pelz.

Mein Mann lachte weiter.

Ich ging weiter.

Gerald flüsterte mir etwas ins Ohr.

Der Tänzer tanzte vorüber.

Ich war mit Gerald in einem schneebedeckten Garten. Schneeflocken balancierten auf den Pelzhaaren.

Ich sagte: »Wir könnten für immer zusammenbleiben.«

Er sagte: »Aber Elfriede, dafür bist du doch noch zu jung.«

Ich sagte: »Ich könnte mich scheiden lassen.«

Er sagte: »Aber Kind. Dafür müsstest du jemanden heiraten.«

Ich sah auf meine Hände. Es waren glatte Kinderhände. Ich schrie.

Ein Wiedersehen

Ich bin überrascht, als ich ihn wiedersehe, den Sohn meiner besten Freundin Carla. Als er noch ein Kind war, habe ich oft auf ihn aufgepasst. Ich mochte ihn immer gern, er war offen, fragte mich ohne Scheu aus, was er mit Mädchen seines Alters tun sollte. Ich bemühte mich, ihm gute Ratschläge zu geben. Er machte mir sogar ein paar Liebeserklärungen, die ich mit einem Lachen quittierte. Immerhin bin ich zwanzig Jahre älter als er.

Jetzt steht er als erwachsener, kräftiger Mann vor mir. Sein Gesicht hat Kanten bekommen, seine Schultern sind breit, sein Auftreten ist selbstbewusst. Ich weiß von seiner Mutter, dass er schon einige Affären hinter sich hat. Bei seinem Aussehen ist das auch kein Wunder.

Wir sitzen nebeneinander auf dem Sofa in seinem Büro. Er erzählt mir mit gewohnter Offenheit alles über sein Leben. Er behauptet, nicht gelogen zu haben, damals mit seinen kindlichen Liebeserklärungen. Ich lache unsicher. Er erzählt von seinen Frauen und davon, wie er bei jeder an mich gedacht habe. Ich weiß nicht, was ich antworten soll. Er erzählt mir von seinen Träumen, auch von meiner Rolle in seinen Träumen.

Es tut mir leid, dass ich nicht jünger bin. Er gefällt mir. Aber er kann mich doch wohl in meinem Alter nicht mehr ernsthaft anziehend finden.

Warum mache ich mir solche Gedanken? Er errät sie offenbar und drückt mich ohne Ankündigung an sich.

Es ist so schön, dass mir Tränen in die Augen schießen. Er sieht mir lange und tief in die Augen. Er sagt, dass ich mich nicht verändert hätte. Ich weiß natürlich, dass das eine Lüge ist, aber es ist eine schöne Lüge.

Ich schlage vor, das Büro zu verlassen. Er meint, dass er seine Geliebten immer hier empfangen würde. Das habe ich schon vermutet. Das Sofa ist groß genug für alles. Naiv wende ich ein, dass ich ja nicht seine Geliebte sei.

Er sieht mich an, drückt mich fest an sich und fragt, ob ich mit ihm schlafen will. Verwirrt schweige ich zuerst. Als ich etwas sagen will, hält er mir den Mund zu und küsst meine Augen.

Er weiß ganz genau, wie man Frauen auszieht. Er hat offenbar auch Übung darin, zu nehmen ohne lang herumzufragen. Bald bin ich nackt, fast ohne mich bewegt zu haben. Ich höre seine Stimme, die mir versichert, dass er mich schon damals, als kleiner Junge, ausziehen und überall berühren wollte und dass für ihn heute deshalb ein Traum in Erfüllung gehen würde. Alle anderen Frauen seien nur Ersatz für mich gewesen. Er sagt, dass ich von jetzt an ihm gehören werde.

Er legt sich auf mich und drückt mich mit seinem Gewicht in die Polsterung des Sofas. Ich habe ein schlechtes Gewissen und überlege, ob mir Fehler unterlaufen sein könnten, als ich auf ihn aufgepasst und ihn dabei miterzogen habe.

Er flüstert, dass ich schon damals die Seine war und dass der heutige Tag nur eine Bestätigung ist für die Träume, die ihn begleitet haben, seit er mich zum ersten Mal gesehen hat.

Wir sind jetzt beide nackt. Er küsst mich auf die Stirn und mit einem Stoß spaltet er mich wie ein Keil. Ich schreie auf. Aber längst habe ich keinen eigenen Willen mehr. Ich kann nicht anders, als mich ihm hinzugegeben. Er packt mich an den Haaren, zieht meinen Kopf nach hinten, und während er in mich drängt, will er hören, dass ich mich auch schon immer danach verzehrt habe, von ihm gefickt zu werden. Kaum sage ich es, kommt er in mir, und mein eigener Orgasmus ist die Bestätigung dafür, dass ich nicht gelogen habe.

Wir sehen uns wieder. Er holt mich von zu Hause ab und überreicht mir Blumen. Wir gehen wieder in sein Büro, sitzen wieder auf dem Sofa und reden von früher, über meine Ratschläge für den Umgang mit Mädchen, darüber, wie man richtig küsst und wie man sich am besten auf ein Mädchen legt. Ich gestehe ihm, dass mich seine Fragen oft erregt haben und dass ich mir schwer tat, meine Erregung vor ihm zu verbergen. Er sagt, dass er mich gerade deswegen immer nach diesen Dingen gefragt hat.

Er erzählt davon, wie er an mich dachte, während er sich unter der Decke selbst befriedigte, wie er sich vorstellte, das Kissen sei mein Gesicht, und wie er sich meine Brüste und meine Muschi vorstellte. Er werde mir jetzt zeigen, was er in seinen Träumen mit mir gemacht hat, sagt er.

Er knöpft meine Bluse auf und streichelt meine Brüste, als hätte er so etwas noch nie gesehen, als müsste er erst langsam und vorsichtig lernen, wie man sie anfasst. Bald bin ich nackt, und er berührt jede Stelle meines Körpers. Er legt seine kräftigen Hände auf meinen Brustkorb und fühlt meinen Atem. Dann legt er seine Handflächen auf meine Muschi. Das wärmt. Er küsst mich. Er küsst mich so, wie ich es ihm damals geraten habe.

Dann leckt er mich, als hätte er auch dafür die Anweisungen von mir bekommen. Sobald ich erregt genug bin, sage ich es ihm. Er dringt nicht gleich in mich ein, sondern zieht vorher noch meine Beine auseinander, sieht sich meine nasse Muschi an. Ich spüre, wie sein Blick sie ausfüllt. Dann dringt er langsam in mich ein, küsst mich, umarmt mich, und jetzt fickt er mich genau so, wie ich es ihm als Fünfzehnjährigem vorsichtig zu erklären versucht habe.

Sein Schambein und die Wurzel seines Schwanzes massieren meine Klitoris, hin und wieder ändert er den Winkel. Ich schwitze, mein ganzer Körper ist nass, und er gleitet auf mir hin und her. Jetzt stößt er mich fester und schneller.

Ich denke schon, dass er gleich kommt, da legt er sich auf den Rücken. Ich springe auf ihn und bewege mein Becken nach vorne und zurück, nach oben und unten. Er steckt mir einen Finger in den Hintern. Ich stöhne. Er hebt sein Becken, um tiefer in mir zu sein. Er drückt mit dem Finger in meinem Hintern auf seinen Schwanz in meiner Muschi. Ich beiße die Zähne zusammen und schüttle wild den Kopf. Ich sehe sein Gesicht vor mir, seine Zunge bewegt sich in seinem Mund, als würde er mich lecken.

Wir rutschen vom Sofa und fallen auf den Boden. Er steht auf, stellt auch mich auf die Beine, beugt meinen Oberkörper nach vor und fickt mich breitbeinig hinter mir stehend. Er stößt so fest in mich, dass ich fast auf mein Gesicht falle. Nur seine Hände, die mein Becken halten, verhindern es. Zwischendurch klatscht er mit der flachen Hand auf meine Hinterbacken.

Nach einigen weiteren festen Stößen hebt er meinen Oberkörper zu sich nach oben und umschlingt mit den Armen meine Brust. Ich lasse meinen Kopf nach hinten fallen und bin gespannt wie ein Bogen. Nach zwei, drei langsameren Stößen fühle ich meinen Orgasmus. Lauthals schreie ich los.

So wie wir sind, lassen wir uns aufs Sofa fallen. Ich drehe mich um. Ich will ihn von vorne umarmen und an mich drücken. Er hält mich liebevoll fest und streichelt mich. Ich presse mein Gesicht an seine Schulter. Mein Mund ist offen. So liegen wir einige Zeit da.

Er ist noch nicht gekommen. Also schwingt er sich auf mich, nachdem wir eine Weile Zärtlichkeiten ausgetauscht haben, dringt in mich ein und kommt sofort. Jetzt streichle ich ihn, und er liegt erschöpft an meinem Hals. Als wir wieder bei Kräften sind, gehen wir duschen. Er lässt den Wasserstrahl über meinen Körper wandern, wäscht den Schweiß von meinem Rücken, von der Brust, vom Bauch und seift meine Muschi und meinen Hintern ein.

Nachdem wir uns abgetrocknet haben, sagt er, dass er mir etwas zeigen muss. Wir gehen wieder zum Sofa. Er legt eine DVD ein und gleich darauf flimmert ein Pornofilm über den Bildschirm. Zuerst will ich protestieren, aber dann sehe ich, dass es eine erotische Version seines Lieblingsmärchens ist, das ich ihm auch noch erzählen musste, als er eigentlich schon viel zu alt dafür war.

Wir sind noch nackt bis auf die Handtücher. Ich sage ihm, dass er sich selbst befriedigen soll. Ich will zusehen. Er fängt an und sein Schwanz wird größer. Auch ich reibe mich selbst. Wir lehnen uns aneinander und sehen abwechselnd auf unsere Hände und auf die zuckenden Körper am Bildschirm.

Am liebsten würde ich ihn jetzt gleich kommen sehen, aber ich weiß, dass es nach unserem Abenteuer am Sofa von gerade eben dauern kann. Also nehme ich seinen Schwanz in den Mund, führe seine Hände an meinen Hinterkopf und lasse mich eine Weile benutzen.

Danach zieht er mich zu sich, küsst mich auf den aufgeheizten Mund, legt mich auf den Rücken, steckt mir zwei Finger in die Muschi und bewegt sie schnell und kräftig.

Er fragt, ob ich will. Ich kann nur noch schreien. Das reicht ihm nicht. Er will es ganz genau wissen. Ich soll ihn anflehen, mich zu ficken. Ich jammere, brülle, bitte und lege alle Inbrunst, derer ich fähig bin, hinein.

Er zieht seine Finger heraus, hebt meine Beine und steckt ganz langsam seinen Schwanz in mich. Dann zieht er ihn wieder heraus. Er sagt, dass er mir nicht glaubt, dass ich ihn wirklich will.

Diesmal schwöre ich. Er dringt wieder in mich ein, wieder ganz langsam, bis er völlig in mir ist. Ich bin zufrieden, mein ganzer Körper schließt sich um seinen Schwanz, der Schweiß bricht mir aus. Aber schon hat er mich wieder verlassen. Ich beschimpfe ihn, drohe ihm, flehe ihn wieder an, bettle.

Jetzt stößt er mich mit aller Kraft. Er hört gar nicht mehr auf damit. Ich jaule, und er schreit, dass ich seine Hure bin, nur die seine, die er haben kann, wann immer er will. Er drückt meine Füße fast bis zu meinem Kopf. Mein Becken schwebt in der Luft, meine Muschi ist eng zusammengedrückt, und er wütet darin.

Ich bin längst gekommen und lasse mich nur noch nehmen. Plötzlich lässt er meine Füße fallen. Ich spreize die Beine und mache mich weit. Sein Schwanz zuckt in mir. Er fällt mit seinem ganzen Gewicht auf mich. Wir liegen umschlungen.

In dem Pornomärchen im Fernseher geht gerade die finale Liebesszene zu Ende.

18

Mein Schotterunternehmer Gerald hatte zwar meine bisherigen Sorgen beseitigt, aber dafür hatte er mir eine ganz neue Sorge beschert. Ich wollte mich nicht in ihn verlieben. Ich durfte mich nicht allzu sehr an ihn binden. Das war es nicht, wonach ich gesucht hatte, und das hatte gar nichts damit zu tun, dass er schon gebunden war. Wenn ich es darauf anlegte, würde ich mich nur unglücklich machen. Zu viel lag zwischen uns, zu viel an Jahren und an Perspektiven. Es war mir von Anfang an darum gegangen, die Lust neu zu entdecken, die Liebe war ein anderes Konzept. Um Liebe war es in meinem Leben nie wirklich gegangen, mit Ausnahme der Liebe zu meinen Söhnen. Ich weiß nicht, woran das lag. Vielleicht bin ich von meiner Mutter nicht zur Liebe erzogen worden. Vielleicht sind die Zeiten zu hart gewesen. Vielleicht ist Liebe ein Luxusgefühl, das sich nicht einstellen kann, wenn man immer kämpfen muss. Vielleicht bin ich auch einfach immer nur an die falschen Männer geraten. Ich wollte mir jetzt jedenfalls nicht alles verderben, indem ich anfing, bei Gerald die Liebe zu suchen.

Als ich mir am Morgen die Zähne putzte, sah ich in den Spiegel. Es klingt vielleicht verrückt, aber für mein Gefühl war ich in den besten Jahren. Ich war alt, aber ich sah mir genau das auch an. Während ich früher manchmal richtig verstört gewesen war, wenn ich mein Spiegelbild unversehens in einem Fensterglas oder einem Kaufhausspiegel sah, weil ich von mir selbst ein ganz anderes, viel jugendlicheres Bild hatte, war ich jetzt viel mehr eins mit meiner Erscheinung. Ich gefiel mir. Ich mochte mich.

Ich fand mich attraktiv. Ich sah aus wie eine lebendige, neugierige Frau. Ich hatte etwas, das Männern gefiel. Zumindest zehn Prozent aller Männer. Zehn Prozent aller Männer, schätzte ich inzwischen, hatten eine Vorliebe für alte Damen. Und manchmal fragte ich mich jetzt sogar, wie viele der Männer, die ich früher gekannt hatte, in Wirklichkeit so eine Vorliebe gehabt hatten. Manchmal dachte ich auch daran, wie viele Männer vielleicht eine solche hatten, sie sich aber nicht einzugestehen trauten.

So gesehen stand auch die Wahrscheinlichkeit, dass einer meiner Ehemänner von Liebe mit einer sehr reifen Frau geträumt hatte, bei etwa eins zu fünf. Ich war jetzt so eine reife Frau, ich hatte nichts zu verlieren, ich spürte das Leben in mir, die Leidenschaft, die Lust auf neue Abenteuer, und egal, ob ich bloß etwas nachholen wollte, das ich bisher sträflich versäumt hatte, ob ich eine schmutzige böse alte Frau war, ich würde aus dieser Phase meines Lebens so viel wie möglich herausholen.

Der Letzte, der auf meine Anzeigen in der Zeitschrift geantwortet hatte, war der zu zwanzig Jahren Haft verurteilte Häftling, dessen Entlassung bevorstand. Er befand sich in der Resozialisierungsphase und hatte regelmäßig Ausgang. Er hatte sich mir am Telefon als Jakob vorgestellt, und vermutlich hieß er wirklich so. Er machte einen ehrlichen Eindruck auf mich, er wirkte beinahe naiv.

»Ich darf am Heiligen Abend das Gefängnis verlassen«, sagte er. »Meine Freunde haben mir deine Kontaktanzeige ausgeschnitten, damit ich den Abend mit einer Frau verbringen kann. Ich werde dir ein Geschenk mitbringen. Wirst du Zeit haben? Oder hast du Familie?«

Ich hatte gezögert, aber nur, um die richtigen Worte zu wählen. Freiheit, freie Menschen – das war für ihn vermutlich etwas Neues, und ich wollte ihn nicht erschrecken.

»Keine Angst«, sagte er. »Du musst wirklich keine Angst vor mir haben. Ich bin ganz friedlich. Ich habe meine Strafe bald abgesessen, dann komme ich endgültig raus. Das versaue ich mir ganz sicher nicht mehr.«

Ich mochte diese Mischung aus Schroffheit und Unbeholfenheit in seiner Stimme, diese Ungeschicklichkeit im Umgang mit der Welt nach all den Jahren, die daraus sprach. Er hatte kein Auto und wollte mit dem Bus kommen. Ich sagte ihm, dass ich ihn von der Busstation abholen würde.

Ein verschneiter und ruhiger vierundzwanzigster Dezember brach an. Ich war wegen Jakob nicht aufgeregt, obwohl ich es erwartet hatte. Vielleicht lag es an Gerald. Ihn zu haben, gab mir ein Gefühl von Sicherheit. Ich sorgte mich kein bisschen, einen Gewaltverbrecher zu treffen, von dem noch unklar war, wie er mit der Welt, den Menschen und vor allem den Frauen umgehen würde.

Ich telefonierte mit meinem ältesten und mit meinem jüngsten Sohn. Sie verbrachten Weihnachten seit Jahren mit ihren Freunden und Familien. Mir machte das nicht allzu viel aus. Ich fand diese Feiertage ohnehin schon lange ein bisschen lästig. Ich verband mit Weihnachten auch keine besonders guten Erinnerungen. Wie überhaupt mit meiner Jugend. Damals wünschte ich mir nichts mehr als eine umfassende Bildung. Ich lernte sehr gern und war in der Schule immer sehr gut. Aber meine Mutter wollte mir keine Ausbildung bezahlen.

Also bat ich meine Mutter einige Jahre in Folge immer zu Weihnachten, zumindest eine kleine Ausbildung, wenigstens eine Lehre machen zu dürfen. Sie wurde jedes Mal wütend. Sie sagte, dass wir wirklich kein Geld hätten, um uns solche unnötigen Dinge zu leisten. Wenigstens die Erzieherinnenschule gestand sie mir dann zu. Erst durch meinen ersten Mann konnte ich mich beruflich ein wenig verwirklichen: Zuerst

Waschmaschinenvertreterin, dann Empfangsdame und später Angestellte in einem Fotogeschäft. Schließlich eröffnete ich meine Buch- und Papierhandlung.

Vor allem mit meinem zweiten Mann waren die Weihnachtsfeiertage deprimierend. Oft war er gar nicht da. Dann soff er mit seinen Kumpanen. Das war noch die angenehmere Variante. Einmal waren wir am Vierundzwanzigsten bei Freunden eingeladen. Ich hatte gehofft, dass er sich zumindest hier zusammenreißen würde. Ich hatte mich getäuscht. Es wurde sogar noch schlimmer. Er betrank sich und verlor schließlich überraschend völlig die Kontrolle. Er zerstörte in der fremden Wohnung die Hälfte des Familienporzellans. Die einzige Chance, seine Raserei zu beenden, bestand darin, die Polizei zu rufen. Als er aus der Ausnüchterungszelle wieder nach Hause kam, weinte er und entschuldigte sich kindlich. Doch am Abend war er schon wieder besoffen. Die Freunde, die uns eingeladen hatten, sah ich nie wieder.

Ich habe oft von dieser Feier geträumt. Zunächst waren es Albträume, schwarz und dunkel wie aus einem Horrorfilm entsprungen. Seine Finger unter dem Tisch bohrten sich zwischen meine Beine, die Nägel kratzten mir die Scheidenwände auf. Ich schwieg dabei, und unsere Freunde lächelten und unterhielten sich weiter. Ich selbst lächelte krampfhaft.

Oder ich träumte, dass uns das Ehepaar hinauswarf, weil mein Mann gerade dabei war, auszurasten. Dann lief ich mit den Kindern aus dem Haus und winkte einem Taxi. Ich setzte die Kinder hinein und wollte auch selbst einsteigen, aber der Wagen fuhr los und verschwand in der Finsternis. Mein zweiter Mann hielt mich an den Haaren fest, und ich wollte schreien, aber meine Zunge war nicht mehr da.

Aber es gab auch Träume, in denen alles gut war mit ihm, besonders gut sogar. Dann träumte ich, dass er mich vom Sessel hob, meine Strumpfhose zerriss, mich auf den Tisch setzte, den Topf mit der Fischsuppe umstieß, und dann war es, als ob er der Tänzer wäre. Das Ehepaar, bei dem wir zu Besuch waren, war so begeistert, dass der Mann begann, meine Brust zu streicheln, während seine Frau die Finger unter ihren Rock führte. Bald lag ich in diesen Träumen bäuchlings auf dem Tisch, während sich mein Mann und sein Freund dabei abwechselten, mich von hinten zu nehmen. Vor mir stand die Frau und ließ sich von mir die feuchten Schamlippen lecken.

19

Aber diese Weihnachten mussten anders werden. Jetzt gab es Gerald in meinem Leben. Er gab mir Dinge, von denen ich erst jetzt entdeckte, dass ich eigentlich schon immer Anspruch darauf gehabt hätte, und die mir meine Ehemänner vorenthalten hatten. Er gab mir dieses unvergleichliche Gefühl, dass alles gut war und bleiben würde, und wenn etwas nicht gut war, würde es gut werden. Gerald konnte aber seiner Familie wegen nicht kommen. Er rief nur an und wünschte mir alles Gute. Ich dachte, er wird trotzdem irgendwie bei mir sein, wenn ich mit Jakob, dem Häftling, am Weihnachtstisch sitze.

Um vier Uhr nachmittags wurde es finster. Der Bus mit Jakob sollte um halb fünf ankommen. Ich watete im tiefen Schnee zur Haltestelle. Die Äste der Kirschbäume waren wie dunkle Algen vor einem noch dunkleren Meeresgrund.

Ich hatte unterschätzt, wie beschwerlich es für eine alte Frau ist, durch Tiefschnee zu waten. Was für ein Heiliger Abend, dachte ich zwischendurch, aber sonst dachte ich wenig. Ich dachte nichts und erwartete nichts, ich stapfte einfach schnaufend zur Haltestelle, und als ich dort ankam, war Jakob bereits da. Als er mich sah, strahlte er über das ganze Gesicht.

»Ich dachte schon, du lässt mich sitzen«, sagte er mit einer für seine Statur viel zu hohen Stimme.

Er war riesengroß und hatte ganz kurz geschorenes Haar. Ich hatte das Gefühl, ihm kaum bis zum Nabel zu reichen. Als er nach ein paar Schritten sah, wie ich mich durch den Schnee mühte, bot er mir Unterstützung an. Er reichte mir aber nicht etwa seinen Arm. Er schlug mir stattdessen vor, mich zu tragen. Ich lachte, lehnte ab und hängte mich bei ihm ein. Er wurde verlegen. Diese Art von Körperkontakt kannte er nicht. Erst als ich ihm ein Kompliment über seine Figur machte, lachte er wieder. Dabei zog er den Ellbogen höher, sodass ich nicht mehr eingehängt war, sondern an ihm hing. Von jetzt an kam es mir vor, als hätte ich Siebenmeilenstiefel an, mit jedem Schritt wurde ich wie im schwerelosen Raum weit nach vorne befördert. Der Tag war kalt und unwirtlich, der Weg beschwerlich und meine Lunge brannte, aber ich hatte mich schon lange nicht mehr so leicht gefühlt.

Zu Hause legte er seine braune Jacke ab und zog sich den Pullover aus. Darunter trug er nur ein Unterhemd. Seine Unterarme waren breiter als meine Oberschenkel. Man konnte jede einzelne Muskelfaser erkennen. Jedes Stück Haut, das jetzt frei geworden war, war mit Tätowierungen bedeckt.

»Ich lege den Fisch in die Pfanne«, sagte ich. »Nimm bitte Platz.«

Ich machte den Herd an. Das Öl in der Pfanne wurde heiß. Ich nahm die gebackene Scholle aus dem Tiefkühlfach und legte sie in die Pfanne. Das Öl zischte und spritzte. Die Kartoffeln waren schon geschält. Er war nervös oder ungeduldig, jedenfalls konnte er nicht lang sitzen bleiben.

»Kann ich dir nicht helfen?«, fragte er.

»Nein, danke. Der Tisch ist ja schon gedeckt«, antwortete ich.

»Wie du meinst«, seufzte er.

»Was möchtest du trinken? Wein? Bier?«, fragte ich.

»Keinen Alkohol«, sagte er.

»Orangensaft?«

»Gern.«

Ich wendete die Schollenfilets und füllte zwei Gläser mit Orangensaft.

»Weihnachtsbaum habe ich keinen«, sagte ich.

»Macht doch nichts«, sagte er.

Ich reichte ihm sein Glas. Er nahm einen Schluck, sah mich dabei an. Seine Augen waren schwarz und groß.

Wir saßen am Tisch und aßen. Er schwieg. Ich schwieg ebenfalls. Mit dem Besteck ging er ziemlich unbeholfen um. Er drückte mit dem Messer so fest auf den weichen Fisch, dass das Metall auf dem Teller quietschte. Eine Kartoffel sprang ihm vom Teller aufs Tischtuch.

»Entschuldigung«, flüsterte er.

Das war das erste Wort seit einigen Minuten.

Ich konnte nicht antworten. Ich starrte nur gebannt auf seine Tätowierungen, die durch das Spiel seiner Muskeln zum Leben erwacht schienen. Es waren böse Bilder. Ungeheuer mit gefletschten Zähnen, Totenköpfe und Teufelsdarstellungen.

Er bemerkte mein Unbehagen und kratze sich an den Armen, als ob er die Bilder so verbergen könnte.

»Der Fisch ist verdammt gut«, flüsterte er dabei.

Seine Augen waren weit aufgerissen, als ob er Panik hätte.

»Danke«, sagte ich. »Es ist nur ein Tiefkühlfisch.«

»Gut. Sehr gut«, wiederholte er.

Ich fasste Mut. »Was sind das für Bilder auf deinen Armen?«, fragte ich.

»Sie schützen mich. Das Böse kann mir nichts tun, wenn es glaubt, dass ich auch böse bin«, antwortete er.

»Das ist gut, dass sie dich schützen, die Bilder«, sagte ich.

»Das Böse soll glauben, dass ich das Böse bin. So hat es Angst vor mir und tut mir nichts. Aber ich bin nicht das Böse. Ich bin gut«, stellte er unsicher fest.

Wir hatten unser Mahl beendet. Ich servierte ab und brachte Kaffee samt Weihnachtskeksen.

»Hast du eine Bibel?«, fragte er plötzlich.

»Eine Bibel?«, wunderte ich mich.

»Ich habe keine. Hast du eine?«, fragte er.

Ich hielt es für möglich, wusste es aber nicht genau. Ich musste nachsehen. Dafür schämte ich mich. Aber ich fand tatsächlich eine Bibel und gab sie ihm. Er schlug sie auf und sah hinein. Ich erinnerte mich auf einmal daran, dass zum Weihnachtsfest Kerzen gehörten. Ich hatte keine, und schon gar nicht hatte ich einen Adventkranz. Die einzige Kerze im Haus war eine Duftkerze und in Weihnachtspapier verpackt. Die war mein Geschenk für Jakob, und dafür war es noch zu früh.

Schließlich fand ich Teelichter. Ich stellte ein paar davon auf den Tisch und zündete sie an. Jakob beobachtete mich schweigend. Ich setzte mich wieder.

Er schlug die Bibel wieder zu und flüsterte: »Ich weiß nicht, wo das steht, was man zu Weihnachten immer liest. Ich kann auch nicht besonders gut lesen. Meinst du, du findest die Stelle?«

»Was?«, fragte ich unsicher.

Allmählich machte er mich ein wenig nervös.

»Es begab sich aber zu der Zeit … und so weiter«, flüsterte er.

Er flüsterte die ganze Zeit, und ich wusste nicht genau, warum. Vielleicht hatte es etwas mit seinen Gewohnheiten aus dem Gefängnis zu tun. Vielleicht durfte man dort ab einer bestimmten Abendstunde nur noch flüstern. Ich hatte ja keine Ahnung.

»Ich weiß schon, welche Stelle du meinst«, sagte ich.

In der Bibel gab es hinten ein Verzeichnis: Weihnachten, Ostern, Pfingsten.

Ich las: »Es begab sich aber zu der Zeit, dass ein Gebot von dem Kaiser Augustus ausging, dass alle Welt geschätzt würde. Und diese Schätzung war die allererste und geschah zu der Zeit, da Cyrenius Landpfleger in Syrien war. Und jedermann ging, dass er sich schätzen ließe, ein jeglicher in seine Stadt. Da machte sich auch auf Joseph aus Galiläa, aus der Stadt Nazareth, in das jüdische Land zur Stadt Davids, die da heißt Bethlehem, darum dass er von dem Hause und Geschlechte Davids war, auf dass er sich schätzen ließe mit Maria, seinem vertraueten Weibe, die war schwanger.«

Ich las bis zu der Stelle, an der es hieß: »Ehre sei Gott in der Höhe und Friede auf Erden und den Menschen ein Wohlgefallen.«

»Das genügt«, flüsterte er. »Bis hierher. Du hast eine schöne Stimme. Ich habe dir etwas mitgebracht.«

Er stand auf und ging ins Vorzimmer, um etwas aus seiner Manteltasche zu holen. Er kam mit einem gusseisernen Engel zurück. Etwas kitschig war der schon, aber ich freute mich sehr darüber.

»Das bist du«, meinte er. »Ich wusste es nicht, als ich ihn kaufte. Aber jetzt weiß ich, dass du ein Engel bist«, sagte er.

Ich bedankte mich mit einem Wangenkuss. Dann ging ich ins Schlafzimmer und holte mein Geschenk, die Duftkerze. Ungeduldig wie ein Kind riss er das bunte Papier auf. Als er die Kerze sah, strahlte er.

»Zünden wir sie gleich an!«, schlug er vor. »Sie ist schön.«

Jetzt flüsterte er nicht mehr.

»Das freut mich«, sagte ich.

Meine Spannung auf das, was da noch kommen würde, stieg.

»Ins Gefängnis kann ich sie leider nicht mitnehmen. Das ist verboten«, meinte er betrübt.

»Oh, das tut mir leid«, sagte ich.

»Kein Problem«, sagte er.

Wir schwiegen. Die Kerzen flackerten.

Ich überlegte lang, was ich sagen könnte, aber er durchbrach das Schweigen zuerst.

»Ich wollte den Typen nicht umbringen«, sagte er. »Ich hatte damals, mit neunzehn, zwar noch nicht solche Muskeln wie jetzt, aber stark war ich auch schon. Ich war Mechaniker. Und einmal war ich mit meinen Freunden in der Disco. Ich blieb bis zur Sperrstunde. Meine Freunde gingen schon hinaus. Nur meine Freundin war noch mit mir da. Sie hatte rote Haare. Ich habe sie sehr geliebt. Ich wollte nur noch die Rechnung zahlen. Währenddessen fingen ein paar Typen an, meine Freundin anzumachen. Ich forderte sie auf, sie in Ruhe zu lassen. Einer von denen ließ ein Springmesser aufklappen. Er wirbelte damit herum. Ich hatte plötzlich Angst. Ein paar von denen hielten meine Freundin fest. Der Barkeeper schaute weg. Der mit dem Messer ging auf mich zu. Ich hatte auch ein Messer. Ich konnte nur nicht gleich in die Hosentasche greifen. Also verpasste ich dem Typen einen Kinnhaken. Er stürzte und blieb liegen. Als ein anderer auf mich losging, hatte ich das Messer schon in der Hand. Ich rammte es ihm in die Brust. Ich wollte das gar nicht. Aber ich musste, weil meine Freundin … Sie hat rote Haare gehabt. Und dann waren alle weg. Nur noch Polizei war da. Der Tote lag am Boden. Der, den ich mit dem Kinnhaken umgehauen hatte, lag ebenfalls dort. Aber der war nicht tot. Und meine Freundin …«

»Was hat deine Freundin gemacht?«, fragte ich, als er sich unterbrach.

»Meine Freundin hatte mich nicht mehr lieb, glaube ich, ich weiß es nicht genau«, sagte er.

Als er fortfuhr, flüsterte er wieder. »Die Polizei brachte mich ins Gefängnis. Ich habe meine Freundin nur noch einmal gesehen, und sie wollte mir nicht in die Augen schauen. Vor Gericht sagte ich, dass der Typ ein Arschloch gewesen sei und es verdient hätte. Mir war nicht klar, dass man so etwas nicht sagen darf, auch nicht, wenn man es denkt. Ich bekam zwanzig Jahre. Aber ich bin deshalb nicht böse. Sie meinten es sogar irgendwie gut mit mir. Sie wollten mich schon vor vier Jahren rauslassen, aber dann prügelte ich einen anderen Häftling krankenhausreif, weil er meine ganze Schokolade aufgegessen hat. Und drei Stück Kuchen. Er hat es geleugnet, aber sein Mund ist voll mit Schokolade gewesen. Es war seine Schuld. Trotzdem war ich derjenige, der draufgezahlt hat. Sie haben mir gesagt, dass ich noch dableiben muss.«

Jakob schwieg wieder. Ich glaubte ihm alles. Ich fuhr ihm leicht über den Kopf. Seine Haarstoppel kratzten.

»Wie lang warst du nun also schon im Gefängnis?«, fragte ich.

»Im März werden es zwanzig Jahre«, antwortete er, betrachtete seine Schuhspitzen und schwieg wieder.

»Und jetzt ...?«

»Jetzt bin ich hier bei dir, und du bist nicht meine Oma. Du bist eine Frau, nicht wahr?«

Seine Frage klang so verlegen, dass ich lachen musste.

»Ja, ich bin eine Frau«, sagte ich.

»Frauen sind super«, sagte er und stieß mich gegen die Schulter.

Ich fuhr zusammen, weil der Stoß sehr heftig gewesen war. War das freundschaftlich? Verliebt? Ich wusste, dass er mich mit seinen Muskeln in der Luft zerreißen konnte, wenn er wollte. Eigentlich sollte ich ihn nach diesem Stoß wegschicken, dachte ich. Nach Hause. Aber er hatte kein Zuhause.

Ich hatte auf einmal Angst, ihn nicht mehr loswerden zu können, ihm ausgeliefert zu sein. So wie es aussah, würde er auch bei mir übernachten müssen. Daran hatte ich noch gar nicht gedacht. Fast alle anderen Männer bisher hatten Familien, zu denen sie zurückkehren mussten. Ich schlief auch lieber allein. Andererseits: Die Dinge liefen nun einmal. Sie laufen zu lassen und sie möglichst zu genießen, erschien mir der beste Weg.

»Diese Tätowierungen hast du überall?«, fragte ich leichthin. »Willst du sie mir nicht zeigen?«

»Alle?«, fragte er nach.

»Sind es so viele?«

»Werden wir ficken?«, fragte er unvermittelt.

Das Leuchten in seinen Augen erschien mir auf einmal bedrohlich. Aber der Ton, mit dem er fragte, und die hohe Stimme waren so kindlich und zärtlich, dass ich gelassen blieb.

»Deswegen bist du doch gekommen«, sagte ich.

Er zog sich sein Unterhemd aus. Seine Hautfarbe war blau. Es gab kein Fleckchen, an dem er nicht tätowiert gewesen wäre.

Er erklärte mir jedes Bild einzeln: »Das hier ist ein amazonischer Schrumpfkopf. So haben die Indianer die Köpfe ihrer Feinde getrocknet. Das Gesicht mit den Schlangen auf dem Kopf ist Medusa. Wenn man sie ansieht, wird man zu Stein. Das hier ist ein chinesischer Drache. Seine Schuppen sind wie Spiegel. Wenn einer mit ihm kämpft, der noch stärker ist, dann sieht er sich in den Schuppen und erschrickt vor sich selbst. Ein Kruzifix habe ich auch.«

»Und was ist das für ein Haus auf deinem Rücken?«, fragte ich.

»Das ist die Werkstatt, in der ich gearbeitet habe. Und das hier auf meiner rechten Brust ist ein Zeichen, das bedeutet Tod. Auf meiner linken Brust, auf dem Herzen, das ist das Leben. Ich kann es mit den Brustmuskeln so machen, dass das Leben mit dem Tod kämpft.«

»Und alle diese Tätowierungen hast du dir im Gefängnis machen lassen?«, fragte ich.

»Eine hatte ich schon vorher, aber die ist jetzt vom Totenschädel zugedeckt. Am Arm stand der Name meiner Freundin. Manuela. Man sieht ihn schon lange nicht mehr. Er hat mich geschwächt, und ich musste stark sein im Gefängnis.«

Er war zu muskulös, so, dass es gar nicht mehr schön war. Sein Anblick allein hätte mir ganz sicher Angst eingeflößt. Aber er hatte diese hohe Stimme. Ich hätte ihn damit noch bedrohlicher finden können, weil sie so unnatürlich klang. Aber ich war längst in der Stimmung, das zu seinen Gunsten zu interpretieren:

Er hatte auch schwache Seiten. Über die konnte ich ihn vielleicht kontrollieren. Oder zumindest steuern, wenn etwas in die falsche Richtung laufen sollte.

»Unten hast du auch ein Bild?«, fragte ich.

»Auf den Beinen habe ich Dornen«, sagte er eifrig. »Warte, ich zeige sie dir.« Schon zog er die Hose aus und stand in Unterhosen vor mir.

»Ich habe hier unten gemeint«, sagte ich und griff ihm zwischen die Beine. Ich rieb seinen Schwanz ein bisschen. Er wurde ziemlich schnell groß, und Jakob fing zu schnaufen an. Ich zog seine Unterhose herunter und erschrak.

»Was ist das?«, rief ich.

»Das ist ein Wasserspeier.«

»Ein Wasserspeier?«

»Wie auf dem Stephansdom. Das ist ein mutierter teuflischer Hund.«

»Und der tut mir nicht weh?«

»Weiß nicht«, schnaufte er.

Ich überlegte nicht weiter und nahm den mutierten teuflischen Hund in den Mund.

Auf einmal musste ich daran denken, wie die erste Welle der Russen in Wien eingefallen war. Meine Schwestern beschmierten ihre Gesichter mit Ruß. Überall hörte man Geschrei, im ganzen Viertel. Ich versteckte mich im Luftschutzkeller. Das war keine so gute Idee. Ich saß dort in der Ecke. Schon nach kurzer Zeit tauchte ein russischer Soldat auf.

Wir hatten einen Nachbarn, mit dem sich meine Mutter den ganzen Krieg über nicht verstanden hatte. Oft war er in der Nacht vor unsere Tür gekommen und hatte geschimpft. Dieser Nachbar kam jetzt mit dem Russen in den Keller. Er zeigte auf mich. Der Russe zeigte ebenfalls auf mich. Doch dann bedeutete der Nachbar dem Russen, dass er mich lassen solle, weil ich lungenkrank sei. Ich verstand das und begann wie verrückt zu husten, der gespielte Husten ging in einen tatsächlichen Reizhustenkrampf über. Dass ich so mager war, passte dazu. Die beiden verschwanden wieder.

Jetzt hatte ich das Glied dieses Häftlings im Mund. Die Augen des Höllenhunds sahen mich an, wenn ich es kurz herausnahm.

Es dauerte nicht lang, und Jakob riss mir die Bluse vom Leib. Ich hörte, wie der Stoff zerriss und die Knöpfe fielen. Er fuhr unter meinen BH und drückte meine Brust und presste meinen Kopf fester gegen sein Glied. Schließlich zog er meinen Rock hoch und griff mir zwischen die Beine. Auch meine Unterhose zerriss er. Danach fasste er mich am Haar und zog meinen Kopf hoch. Seine Augen brannten schwarz.

»Wohin?«, fragte er.

Ich deutete auf die Schlafzimmertür. Er packte mich mit seinen riesigen Händen, halb trug und halb schleppte er mich ins Schlafzimmer. Dort warf er mich aufs Bett und zog mir die Reste der Kleider aus, die noch an mir hingen. Dann leckte er mich kurz. Vorspiel war das keines, ich hatte den Eindruck, dass er bloß wissen wollte, wie meine Vagina aussah.

Es dauerte ungefähr drei Stunden. Er schlief nicht mit mir, sondern er benutze mich, gierig und besinnungslos. Ich war ein Objekt, das er drehte und wendete, wie es seine Lust gerade von ihm verlangte.

Er fasste mich nicht an, sondern er krallte sich in mich. Er bewegte sich nicht in meiner Vagina, sondern er stieß seinen ziemlich großen Schwanz immer so tief und fest hinein, dass ich zwischen meinen Höhepunkten schwer daran zweifelte, dass ich diese Nacht heil überleben würde.

Eine alte Frau, dachte ich, ist dafür eigentlich nicht mehr gebaut. Gleichzeitig fühlte ich mich aber nicht wie eine alte Frau. Ich fühlte mich nur weiblich und zerbrechlich, aber ich wehrte mich nicht, ich stellte ihm nichts entgegen. Es hätte keinen Sinn gehabt. Am besten würde alles ausgehen, wenn ich ihn gewähren ließ, dachte ich, und wenn ich es schaffte, meine Ängste zu überwinden und mir zu holen, was ich bekommen konnte.

Als er kam, war es, als würde ein Hochhaus über mir zusammenbrechen. Sein riesiger Körper stürzte auf meinen zerbrechlichen herab. Ich atmete aus wie eine Luftmatratze, in die jemand ein Loch gerissen hatte. Sein Schwanz zuckte in mir, und ich fühlte sein Sperma, als ob es mich verbrennen würde. Er war wie eine Naturgewalt gewesen, mehr als es die Männer in meiner Phantasie und in meinen Kurzgeschichten je gewesen waren, aber ich fühlte auch die Erleichterung einer Überlebenden. In Geralds Armen wünschte ich mir manchmal, dass er nie mehr etwas anderes tun würde, als mit mir zu schlafen, dass es ewig dauern würde. Aber bei Jakob war ich trotz oder gerade wegen all der in zwei Jahrzehnten aufgestauten maskulinen Energie froh, als es vorbei war.

Ich legte ihm eine Hand auf die Glatze, und er küsste mich müde und zärtlich auf den Hals, dann auf den Mund. Die Decke war völlig nass geschwitzt. Ich schubste ihn von mir herunter.

»Bitte dreh draußen im Wohnzimmer das Licht ab«, bat ich ihn.

Er reagierte nicht mehr. Er schlief bereits. Und ich konnte mich kaum bewegen. Ich rollte mich in die nasse Decke und gab ihm einen Kuss auf die Wange. Gleich darauf schlief auch ich ein. Für mich war es das erste Mal seit vierzig Jahren, dass ich neben einem Mann eine ganze Nacht durchschlief. Für ihn war es das erste Mal seit zwanzig Jahren, dass er das neben einer Frau tat.

Am nächsten Tag erwachte er um sechs Uhr morgens. Er weckte mich, um sich zu verabschieden. Ich konnte nicht aufstehen, wollte weiterschlafen und wünschte ihm nur alles Gute für die letzten paar Monate hinter Gittern. Er bedankte sich mehrmals. Dann ging er, und ich erwachte erst am Nachmittag wieder. Jetzt erst bemerkte ich, dass mir alles wehtat. Die Schmerzen in den Beinen und Armen vergingen erst nach ein paar Tagen wieder, die im Nacken erst zum Jahreswechsel. Die Schmerzen im Schritt waren erst um die Heiligen Drei Könige herum vollständig weg. Etwa gleichzeitig verblassten auch die blauen Flecken endlich, die mich aussehen ließen, als hätte auch ich mich ein paar Jahre lang im Gefängnis tätowieren lassen.

Trotzdem bereute ich nichts. Ich mahnte mich nur selbst zur Vorsicht. Wenn ich noch ein paar Jahre in dieser aufregenden Welt bleiben wollte, durfte ich mich zumindest nicht regelmäßig auf diese Art zerstören lassen.

Aufregender Besuch

Mein Mann und ich sind zu einer Feier bei einem befreundeten Ehepaar eingeladen. Die Frau ist jung und schön, sie ist Modedesignerin. Der Mann ist in den besten Jahren und immer elegant gekleidet. Er ist Kapitän bei einer großen Fluglinie.

Gefeiert wird im Erdgeschoß des großen Hauses. Mit dem Fortschreiten des Abends wird es recht eng, denn immer mehr Freunde des Paares kommen. Das Wohnzimmer ist bald richtig überfüllt.

Die Stimmung ist gut, aber ich werde allmählich müde. Mein Mann unterhält sich und will noch bleiben. Vor der Toilette muss ich lange warten.

Der Flugkapitän steht neben mir und lächelt mich an. Er bietet mir an, das Bad im ersten Stock zu benutzen. Als ich ihm danke und nach dem Weg frage, begleitet er mich hinauf. Vor der Badezimmertür sagt er, dass ich mich beeilen soll. Ich frage ihn, warum. Er zuckt mit den Achseln.

Kaum habe ich das Bad wieder verlassen, packt er mich an den Schultern und schleppt mich in ein Schlafzimmer. Er sperrt ab und wirft den Schlüssel unter den Schrank. Ich setze mich aufs Bett und lache. Ich frage ihn, was seine Frau dazu sagen würde. Er zuckt wieder mit den Achseln, öffnet seine Hose und hält mir seinen Schwanz vors Gesicht. Es ist zu verlockend. Ich nehme ihn in die Hand. Er fragt, ob ich schlucken kann. Ich sage, dass ich es schon mal ausprobiert hätte. Er zischt, dass ich anfangen solle, sonst werde er mich ersticken. Ich halte es für eine scherzhafte Drohung, sage, dass ich gern alles machen werde, aber nur, wenn er sich das Hemd auszieht. Er tut es sofort.

Ich sehe mir seinen muskulösen Oberkörper an und befühle mit den Fingern und den Handflächen seine Bauchmuskeln. Aber er kann nicht mehr warten. Er nimmt meinen Kopf mit beiden Händen und drückt mir seinen heißen Schwanz gegen die Wange. Ich nehme ihn wieder in die Hand und führe ihn mir zum Mund. Ich würde ihn gern ein wenig ablecken, aber er lässt das nicht zu, sondern bohrt ihn mir so tief es geht in den Rachen. Er rammt mich unkontrolliert bis zum Brechreiz. Ich will ihm mit dem Kopf ausweichen und halte seinen Schwanz mit beiden Händen an der Wurzel, damit er nicht so tief stoßen kann. Doch dabei verliert er endgültig die Geduld.

Er wirft mich aufs Bett, kniet bei meinem Kopf nieder, fixiert mit den Händen meine Schultern und bohrt mir den Schwanz in den Rachen. Anfangs lässt er mir hin und wieder noch Zeit, Luft zu holen. Mir bleibt nichts anderes übrig, als mich zu bemühen, die Eichel zu schlucken.

Der Speichel rinnt mir über das ganze Gesicht, meine Augen tränen, meine Beine, mein ganzer Unterkörper windet sich. Er fasst mich mit einer Hand am Hals und fickt mich endgültig völlig rücksichtslos in den Mund.

Ich muss mich irgendwie befreien, schreien kann ich nicht, also nehme ich seine Eier und drücke zu. Er jault auf, flucht, wirft sich neben mich aufs Bett. Er liegt auf dem Bauch, zuckt weiter mit dem Becken, als würde er die Matratze ficken. Ich brülle ihn an. Plötzlich kommt er zu sich.

Er springt auf und hält sich die Hoden, die ihn offenbar schmerzen, sein Schwanz schrumpft. Ich wische mir das Gesicht an seiner Decke ab und beschimpfe ihn. Er bittet mich um Verzeihung. Er entschuldigt sich wieder und wieder und beteuert, dass er es gern irgendwie gutmachen wolle, auch wenn er wisse, dass das unmöglich sei.

Er hat sich die Hose schon wieder zugeknöpft und sitzt auf einem Sessel neben dem Nachttisch. Er gesteht, mich schon lange Zeit sehr zu begehren. Wir schweigen beide. Dann sage ich ihm, dass er sich neben mich aufs Bett setzen soll.

Beruhigend streichle ich seinen Oberkörper und küsse ihn dazwischen immer wieder. Bald lecke ich ihm über die Wange, bald sauge ich an seinem Hals. Dann öffne ich seine Hose wieder und spiele mit seinem Schwanz, bis er wieder fest ist.

Ich lege mein Kleid ab, lasse den BH fallen und hebe mein Becken als Aufforderung an ihn, mir das Höschen auszuziehen. Er tut es. Ich liege nur da und lasse mich bewundern. Er ist wie verwandelt. Ganz zärtlich und vorsichtig streicht er mir über die Brüste, küsst mich da und dort, kommt zu meinem Gesicht, küsst mich auf die Stirn, streicht mir durchs Haar und findet zu meinem Mund. Lange küsst er mich nur mit den Lippen. Erst als ich ihm mit der Zunge über den halboffenen Mund fahre, hält er mir die seine entgegen.

Später spreize ich die Beine und drücke ihn an den Schultern leicht nach unten. Er wandert mit dem Gesicht zu meiner Muschi. Zuerst küsst er auch sie nur mit den Lippen, dann leckt er mit der Zunge die Schamlippen entlang. Nur ganz langsam findet er zur Klitoris und streicht mit der Zunge leicht darüber.

Ich winde mich schon. Ich bin schon gierig geworden. Jetzt umfasst er die Klitoris mit den Lippen und saugt daran. Ich drücke sein Gesicht fester gegen mich. Bald muss er sich befreien, um Luft zu holen.

Er versteht, dass ich ihn jetzt in mir haben will. Er beugt sich über mich, dringt langsam in mich ein und küsst mich dabei auf die Wange. Er fickt mich nicht, es ist mehr, als würde er mich von innen mit seinem Schwanz streicheln.

Es macht mich ganz verrückt. Ich will es wieder härter und beiße ihn in den Hals, um es ihm zu zeigen. Er jault vor Schmerz auf und rastet aus. Er packt mich an den Oberarmen und stößt schnell und hart zu. Ich komme sofort.

Er legt eine kurze Pause ein, dann dreht er mich um, legt mich auf den Bettrand, kniet sich auf den Boden und nimmt mich von hinten. Ich habe mich auf meinen rechten Arm gelegt und kann mir so selbst die Klitoris massieren.

Ich merke, dass er gleich kommen wird. Aber er will es noch hinauszögern, drückt mein Becken fest an sich, hört auf, sich zu bewegen. Ich massiere mich inzwischen weiter selbst. Als er mich wieder zu stoßen beginnt, habe ich meinen zweiten Orgasmus. Mein Zucken lässt ihn wieder fast kommen, aber wieder hält er es zurück.

Einige Zeit fickt er mich mit wechselndem Winkel. Es ist ihm egal, wie es für mich ist. Er befriedigt sich an mir selbst, und zwar so, dass es so lange wie möglich dauert. Es stört mich nicht, im Gegenteil.

Einmal muss er seinen Schwanz ganz aus mir herausziehen, mich auf den Rücken drehen und mich zuerst mit zwei, dann mit drei und dann mit vier Fingern weiterficken, bis sich sein Schwanz erholt hat.

Ich richte mich auf und küsse ihn lang. Er wirft mich aufs Bett zurück, ist wieder in mir und benutzt zusätzlich zu seinem Schwanz noch einen Finger. Ich nehme seine andere Hand und lecke und sauge an ihr. Ich will ihm etwas Gutes tun, rutsche weg, gleite vom Bett und nehme seinen Schwanz in den Mund. Ich fühle, wie sein Schwanz pulsiert, fühle seine Eichel hinten am Gaumen, öffne den Mund weiter, schlucke, schiebe ihn ganz in meinen Hals, presse meine Lippen gegen sein Schambein. Ich bewege meinen Kopf von links nach rechts. Er stöhnt auf, und ich lasse mich in den Mund stoßen.

Ab und zu spucke ich den Speichel entweder auf seinen Schwanz oder in meine Hand und verreibe ihn dann auf seinem muskulösen Bauch oder auf meinen Brüsten. Immer wieder führe ich ihn mir so tief wie möglich in den Rachen ein und feuere ihn an, mich zu stoßen. Er kommt, gerade als ich ihn herausnehmen will und spritzt mir in den Mund. Zuckend schlägt mir seine Eichel dabei gegen den Gaumen.

Er zieht mich an den Haaren und flüstert, dass ich sein Sperma nicht schlucken soll. Er hält mir seine Hände hin. Ich spucke es ihm in die Handflächen und lege mich erschöpft aufs Bett. Er legt sich neben mich. Kurz ruht er sich aus. Dann verreibt er mir sein Sperma auf meiner Muschi, reibt das völlig nasse Ding so lang, bis ich noch ein letztes Mal komme. Schließlich liegen wir nebeneinander und wärmen uns. Ich würde am liebsten einschlafen.

Aber das geht natürlich nicht. Wir sind auf einer Party, wir sind beide verheiratet und unsere Ehepartner warten.

Der Fall Lucona

20

Im Jänner besuchte mich Gerald einige Male. Es war jedes Mal wunderschön. Aber ich fühlte mich auch jedes Mal wieder sehr verliebt. Zu verliebt.

Von seiner anfänglichen Schüchternheit war keine Spur mehr da. Kaum öffnete ich ihm die Wohnungstür, war er im Wohnzimmer, stellte Blumen oder andere Geschenke auf den Tisch, erzählte mir etwas, küsste mich und zog mich aus. Ich mochte seine neue resolute Art. Aber ich fühlte mich ihm durch meine Verliebtheit ausgeliefert. Und noch etwas band mich an ihn: Alle anderen Männer sah ich nur ein, zwei oder höchstens drei Mal. Dann wollte ich nicht mehr, oder sie meldeten sich nicht mehr und verschwanden schließlich einfach wieder aus meinem Bewusstsein.

Sie wurden zu Erinnerungen, etwas plastischer, als es meine Geschichten für mich waren, aber sie hatten trotzdem alle etwas Unwirkliches, wenn ich näher über sie nachdachte. Jakob zum Beispiel. Jakob sah ich nur dieses eine Mal zu Weihnachten und dann nie wieder.

Und ich blickte auch nicht zurück. Ich nahm nur die Erfahrungen mit und sah zu, was ich für die Zukunft daraus machen konnte. Ich hatte das Gefühl, dass zurückzublicken Zeitverschwendung war. Angeblich ist das Alter die Phase, in der man das tut. Aber bei mir war es genau umgekehrt. Ich fühlte mich zu alt, um zurückzublicken.

Nur von Robert, dem allerersten Mann in meinem neuen Leben, hörte ich noch ab und zu, aber wenn wir Treffen vereinbarten, sagte er oft ab. Nur Gerald besuchte mich regelmäßig, er war zuverlässig und machte sich damit zu mehr als einer Affäre in meinem Leben, ohne dass ich wusste, ob er das überhaupt wollte. Vermutlich dachte er gar nicht darüber nach, was er wollte. Er war einfach so, wie er war, und ich hatte damit umzugehen. Ich musste mich schützen. Auch Liebeskummer wäre Zeitverschwendung gewesen. Auch dafür fühlte ich mich zu alt.

Als ich eine schwere Grippe bekam, sah ich auch Vorteile darin. Vielleicht hatte ich mir bei meinem Versuch, das Leben und die Liebe noch einmal so richtig zu genießen, zu viel Druck gemacht, zu viel von mir verlangt. Jetzt war ich krank, und es blieb mir gar nichts anderes übrig, als alle Treffen abzusagen und mich zurückzuziehen. Ich spürte, dass es mir guttun würde, dass ich eine Phase der Reflexion brauchen konnte und dass mich diese vielleicht auch wieder auf etwas mehr Distanz zu Gerald bringen würde. Aber Gerald ließ sich nicht einmal durch meine Krankheit beirren. Nachdem ich ihm davon erzählt und ihn um Geduld gebeten hatte, rief er mich gleich am nächsten Tag wieder an. Er sei unterwegs zu mir, sagte er. Er wolle Einkäufe für mich tätigen, schließlich könne ich in meinem Zustand das Haus nicht verlassen, und es gäbe doch sicher einiges, das ich brauchen würde.

Ich sagte ihm, dass er daheim bleiben und mich in Ruhe schlafen lassen solle. Kaum zehn Minuten später läutete es an der Tür, und er stand mit einem Blumenstrauß und einer Kiste mit Orangen da. Brot, allerlei Käse und Fisch hatte er auch dabei.

Ich hatte erwartet, dass es die Nachbarin sei, die sich Sorgen um mich machte, und die Tür völlig ungepflegt, zerrauft und verschwitzt geöffnet. Ich schämte mich, dass er mich so sah.

Das wäre aber gar nicht nötig gewesen. Er küsste mich auf die Wange, stürzte, wie es seine Art geworden war, ins Wohnzimmer, stellte alles auf den Tisch und räumte die Lebensmittel in den Kühlschrank.

»Geh wieder ins Bett«, rief er mir dabei zu. »Ich will dich nicht stören. Du brauchst Ruhe. Aber essen musst du auch. Geh wieder ins Bett.«

Ich gehorchte. Nach einer Weile kam er zu mir ins Schlafzimmer, um sich zu verabschieden.

Als ich am Abend wieder aufstand, sah ich, dass er auch alles Geschirr gewaschen und die Küche aufgeräumt hatte. Es war nicht zu leugnen: Es war schön, jemanden zu haben, der sich um einen sorgte. Es machte glücklich. Ich hatte Fieber, draußen fiel Schneeregen, und ich lachte leise vor mich hin. Das Leben war schön, dachte ich, und das Fieber würde wieder vergehen.

21

Als ich wieder einigermaßen gesund war, meldete sich der Graf erneut, um mir Telefonnummern von vier neuen Männern zu geben. Er beschrieb mir genau, was jeder von ihnen im Internet über sich geschrieben hatte und was er sonst über die Kandidaten in Erfahrung hatte bringen können.

Einer von ihnen war mir zu alt – über fünfzig eben. Die anderen drei rief ich an, und es stellte sich heraus, dass der Graf wirklich eine glückliche Hand gehabt hatte. Wie auch immer er das gemacht hatte – durch Intuition, intelligente Auswahlkriterien oder durch eine Mischung aus beidem. Womöglich wäre seine wahre Berufung die eines Partnervermittlers gewesen. Als ich ihm das später einmal sagte, lächelte er versonnen und meinte, dass ich die drei nicht ihm zu verdanken hätte, sondern dass ich einfach reif für sie gewesen sei.

Alle drei Männer auf dieser Liste des Grafen hatten Tugenden, die ich überaus schätzte. Sie waren alle drei zuverlässig, höflich und jeder auf seine Art gut im Bett. Bis Mitte Februar brach ich alle anderen Kontakte endgültig ab, sogar den zu Robert. Da waren auf einmal nur noch Gerald und das Trio des Grafen.

Weil Gerald nicht mehr der einzige Fixstern in meinem Liebesleben war, verlor ich auch die Angst vor ihm. Das änderte nichts an seinem Verhalten. Er blieb, wie er war. Er kümmerte sich um mich, bisweilen fast väterlich, was merkwürdig klingen mag, weil er vierzig und damit gerade einmal halb so alt war wie ich und nur vier Jahre jünger als der Älteste in dem Quartett. Der hieß Franz, war nicht verheiratet, und er nannte mir nie seinen Nachnamen, für den ich mich allerdings auch gar nicht interessierte.

Franz war einfach ein etwas verschlossener Typ, und er kam nur für den Sex zu mir. Das machte mir nichts. Ich hatte die Auswahl und damit die Möglichkeit, großzügig zu sein. Jeder gab mir, was er zu geben hatte.

Hermann zum Beispiel war ganz anders. Er war zweiunddreißig und verhielt sich fast wie ein Enkelkind. Er betrieb ein Unternehmen in Salzburg, hatte aber viel in Wien zu tun, und so viel ich weiß, nahm er sich bei jedem Besuch in der Stadt Zeit für mich. Wie Gerald war er schon länger verheiratet.

Der jüngste meiner vier Musketiere war gerade erst zwanzig geworden, hieß Peter und lebte ganz in meiner Nähe. Er war Maurer von Beruf, aber trotzdem sehr zart gebaut. Seit einiger Zeit hatte er eine Freundin, die zwei Jahre jünger war als er. Wenn er mich anfasste, schien es, als ob seine Hände elektrisch aufgeladen wären, mein ganzer Körper begann zu kribbeln, als ob eine fremde Kraft ihn durchfluten würde. Ich nannte seine Hände deshalb bald nur noch die goldenen Hände.

Als für mich klar geworden war, dass ich vorerst diese vier Männer haben würde und keine anderen, ließ ich mich untersuchen, um danach unbesorgt ungeschützten Sex haben zu können. Ich wählte dafür wieder einen neuen Arzt, weil ich vermeiden wollte, dass einer zu viel über mich wusste. Ich erfuhr, dass ich gesund war, und teilte es umgehend meinen vier Freunden mit.

Ich bat sie auch, mich Fotos von ihnen machen zu lassen. Bis auf den geheimnistuerischen Franz erfüllten mir alle diesen Wunsch. Ich besaß einen Fotoständer, der Platz für mehrere Bilder hatte, und die Möglichkeit bot, jeweils eins davon nach vorne zu klappen. Wenn meine Söhne da waren, zeigte er ein Foto von ihnen, und wenn einer meiner Liebhaber da war, zeigte er ein Foto von ihm.

Außerdem führte ich ein Ritual ein, an das sich jeder meiner vier Liebhaber von nun an halten musste. Zuerst wurde Kaffee getrunken und geplaudert, dann duschten wir gemeinsam und erst dann schliefen wir miteinander. Übernachten durfte normalerweise keiner mehr bei mir. Nur Hermann erlaubte ich es ab und zu, weil er aus Salzburg war und sich sonst ein Hotel hätte nehmen müssen.

Schließlich machte ich meinen Liebhabern klar, dass sie keine Alleinansprüche hatten. Ich fing mit dem verständnisvollen Gerald an und zum Schluss war der fast noch jugendliche und deshalb am ehesten von Eifersucht geplagte Peter an der Reihe.

Die älteren drei nahmen die Nachricht richtig erfreut auf. Vielleicht lag es daran, dass sie mir wirklich nur das Beste wünschten. Vielleicht fühlten sie sich auch bestätigt. Darin, dass sie eine attraktive, begehrenswerte Frau erobert hatten.

Nur Peter schwieg. Traurig sah er zu seinen Schuhspitzen hinunter und spielte verlegen mit seiner blauen Schildkappe, die er immer trug. Aber dann gingen wir unter die Dusche, und anschließend im Bett vergaß auch er sein Unbehagen.

Den Grafen bat ich, keine Internetanzeigen mehr für mich zu schalten.

Treue, das war ein Thema für mich, während ich mein Leben auf diese Art ordnete. Ich hatte mit meinen Ehemännern wirklich kein Glück gehabt, aber treu war ich ihnen gewesen. Bis auf das eine Mal, als ich meinen ersten Mann mit dem Tänzer betrog.

Und jetzt? Ich wusste nicht mehr genau, was Treue eigentlich ist. Heißt treu zu sein, nicht mit anderen Männern als einem bestimmten zu schlafen? Das hieße dann, dass ich jeden einzelnen meiner vier Freunde mit den jeweils anderen betrog. Andererseits wussten sie voneinander und hießen unsere Fünfecksbeziehung gut, so wie sie war. In Wirklichkeit war es ja eine Neunecksbeziehung, weil zwei meiner Freunde verheiratet waren und zwei eine Freundin hatten.

Bestand Treue vielleicht darin, dass sich ein Mann hundertprozentig auf die Liebe einer Frau verlassen konnte? In diesem Fall wäre ich in meinem bisherigen Leben nur einem einzigen Mann treu gewesen, nämlich dem Tänzer.

Ob ich auch meinen neuen Freunden auf diese Art treu war, das hing wohl davon ab, wie man Liebe definierte. Wahre Liebe war auch in meinen Vorstellungen etwas, das exklusiv zwischen zwei Menschen stattfand. Wahre Liebe begründete sich in der ersten Lebenshälfte, man zeugte miteinander Kinder, zog sie miteinander groß und hatte zumindest die Absicht, auch all den Rest des Lebens miteinander zu verbringen.

Wenn das wirklich die einzige Art von wahrer Liebe war, dann hatte ich sie in meinem Leben definitiv verpasst. Was ich jetzt hatte, war etwas anderes. Es war etwas Wahres, und das war schon einmal gut so. Meine Freunde und ich, wir wollten nur das Beste füreinander. Aber sonst? Ich erwartete nichts von ihnen, das wussten sie auch, und darin wurzelte sicher eine ganze Menge von dem eigentümlichen Glück, das wir teilten. Sie erwarteten auch nichts von mir. Was sollten sie schon von mir erwarten? Ich wusste es wirklich nicht.

Ich wusste nur, dass mir die Liebe mit ihnen guttat und ihnen umgekehrt genauso. Also lag der Sinn der Sache darin, dass wir uns weiterhin guttaten, und alles andere war unnütze Grübelei.

22

Die Tage wurden wieder länger. Der Februar neigte sich seinem Ende zu. Die Sonne stand am frühen Vormittag über den Kirschbäumen, deren Äste sich in den vergangenen Tagen von der Schwere des Schnees befreit hatten. Ich stand auf dem Balkon und blickte hinunter. Was würde das Jahr bringen? Was würde der Frühling bringen? Der Sommer?

Hermann war schon auf der Autobahn aus Salzburg zu mir unterwegs. Er benahm sich wie ein Enkelkind und musste deshalb auch wie eines bewirtet werden. Also ging ich einkaufen. Ich wollte belegte Brote für ihn machen, aber besonders schöne. Bis zu seiner Ankunft am Nachmittag war ich mit den Vorbereitungen beschäftigt. Ich reihte die Brote auf einer großen hölzernen Platte nebeneinander auf und belegte jedes auf eine andere Art mit Schinken, Wurst, Speck, Hartkäse, Schimmelkäse, Räucherlachs, Eiern, Mayonnaise, Essiggurken, Paprika und Radieschen. Schließlich bestreute ich einige mit gehacktem Schnittlauch, auf andere klebte ich mit etwas Mayonnaise ein Ästchen Petersilie. Die Hartkäsebrote bestreute ich mit Paprikagewürz.

Als Hermann ankam, hielt er wie ein richtiges Musterenkelkind einen kleinen Blumenstrauß in der Hand und wie ein Musterenkelkind ließ er sich die Brote schmecken, während er sie in den höchsten Tönen lobte. Dabei erzählte er mir von seinen Kindern, was sie im Kindergarten und in der Schule trieben, und auch wenn das nicht so recht dazupassen wollte, tat es seiner Enkelkindrolle in meinem Herzen keinen Abbruch. Sein Sohn hatte die erste Schularbeit im neuen Semester vor sich. Seine

Tochter schien sich endlich in ihrer Volksschulklasse zurechtzufinden. Sie hatte gerade einen langen Streit mit einer Freundin beendet und weinte am Morgen beim Aufstehen nicht mehr.

Nach der Dusche, im Bett, lag Hermann lang in meinen Armen, ehe ich langsam begann, seinen Schwanz zu streicheln. Von da an war er kein Enkelkind mehr, sondern ein Mann. Er leckte mich verspielt, dann schliefen wir miteinander.

Er war wie immer ziemlich einfallsreich. Die Stunde, die wir im Bett verbrachten, war kurzweilig und ausgesprochen abwechslungsreich. Auch meinen Hintern ließ er nicht aus, und zum Abschluss leckte er mich noch einmal, um mir einen Bonushöhepunkt zu bescheren.

Hinterher trank er Kaffee. Er wollte diesmal in einem Hotel in der Stadt übernachten, um es am Morgen nicht so weit zu einer Besprechung zu haben. Während ich den Kaffee zubereitete, duschte er. Den koffeinfreien Kaffee für mich selbst kochte ich zuerst, damit seiner frischer sein würde, wenn er aus dem Bad kam.

»Es war wieder schön mit dir«, lobte ich ihn.

»Ja, mir hat es auch Spaß gemacht«, sagte er, während er den heißen Kaffee schlürfte.

»Weißt du, du hast zwar nicht gerade den größten Schwanz, aber dafür bist du damit so geschickt, dass ich mich jedes Mal wieder wundern muss«, sagte ich.

»Naja. Danke«, meinte er etwas weniger vergnügt. »Geschickt bin ich also. Das liegt aber wirklich nur daran, dass es mir dir etwas ganz Besonderes ist.« Er kicherte schon wieder. »Sonst würde ich mich weder bemühen noch Rücksicht nehmen.«

»Und mit der Zunge bist du wendig. Wie eine Katze«, lobte ich weiter.

Ich hatte festgestellt, dass gerade Hermann immer besonders dankbar für anerkennende Worte war. Aber jetzt wurde er plötzlich ernst. Ich sah, wie er nach der richtigen Formulierung suchte.

»Mit der Zunge?«, fing er schließlich an. »Also weißt du, mit der Zunge macht es mir bei dir auch besonderen Spaß. Ich habe mich schon oft gefragt, wieso es mir gerade mit dir so geht, mit dem Lecken. Weißt du was? Du schmeckst einfach anders als jüngere Frauen. Vielleicht hat es etwas mit Hormonen zu tun. Vielleicht damit, dass du keine Regel mehr hast. Bitte glaub nicht, dass ich irgendwie abartig bin oder so. Ich stehe einfach auf reifere Frauen, wie es scheint, sonst würde ich wohl nicht zu dir kommen. Und dieser Geschmack von dir, ja, ich glaube der ist deshalb so fein und unaufdringlich, weil nicht jeden Monat die Regel kommt.«

»Aha«, sagte ich halb amüsiert. »Über so etwas habe ich noch nie nachgedacht.«

»Ich schon«, lächelte er.

»Naja. Es freut mich natürlich, dass ich dir schmecke«, lachte ich.

»Mich auch«, sagte er, um abermals nach Worten zu suchen. »Ich wollte dich noch etwas … fragen. Möchtest du nicht einmal versuchen, dich zu rasieren? Weißt du, du gefällst mir natürlich auch so. Das ist klar. Aber es würde mich einfach interessieren, wie es ist, wenn du rasiert bist.«

Ich versprach ihm, es für ihn zu probieren.

Er hatte ein paar Tage in Wien zu tun, und auf dem Rückweg wollte er mich wieder besuchen, um bei mir, wie wir es gewohnt waren, die letzte Nacht seiner Dienstreise zu verbringen.

Am Vormittag davor stand ich wieder am Balkon und sah in die Sonne, aber diesmal ging ich hinterher nicht Delikatessen kaufen, sondern ich legte einige Handtücher auf das Sofa. Davor stellte ich einen kleinen Wandspiegel. Aus dem Badezimmer holte ich einen Rasierer und Schaum, aus der Küche einen Topf mit heißem Wasser. Als alles vorbereitet war, ging ich ans Werk. Ich zog mir den Rock, die Strümpfe und die Unterhose aus und machte es mir im Sofa so bequem, dass ich mir gut zwischen die Beine sehen konnte. Jetzt wunderte es mich, dass ich bisher noch nie auf die Idee gekommen war, mich dort unten anzusehen. Die Nähe der Scheide zum After erschreckte mich. Es ist etwas ganz anderes, es nur mit den Fingern zu fühlen, als es tatsächlich mit den Augen zu sehen.

Da ich nun schon einmal so dasaß, wollte ich dahinterkommen, was an meiner Scheide so erotisch oder ästhetisch sein könnte. Ich zog die äußeren, dann die inneren Schamlippen auseinander. Aber es war nicht genug Licht, um wirklich alles zu sehen. Also stand ich wieder auf, um eine Stehlampe in Position zu bringen.

Danach saß ich wieder da und schob die Schamlippen hin und her. Vielleicht war das Schöne an meiner Vagina, dass das ganze Innere recht gut von den äußeren Schamlippen verdeckt war. Andererseits fand ich sie doch etwas zu wenig straff. Ich hatte sie in meiner Jugend, wie gesagt, nie angesehen, aber das konnte doch wohl nur am Alter liegen.

Ich stand auf und stellte mich breitbeinig hin, um zu sehen, ob die Lippen hingen. Sie taten es nur ein ganz kleines bisschen. Ich war zufrieden, setzte mich wieder, drückte die Klitoris heraus. Hübsch, dachte ich, ich wusste gar nicht, dass sie so rosa ist.

Ich dachte an meine Brüste. Als ich jung war, hatte ich so gut wie keine gehabt. Dafür hatte ich nach jeder Geburt überdurchschnittlich viel Milch, sodass ich den anderen Müttern im Krankenhaus aushelfen konnte, das durfte man damals noch. So große Brüste hatten die anderen, aber fast keine Milch.

Jetzt im Alter war mein Busen recht groß geworden, aber er war gar nicht lasch, sondern eher drall. Vielleicht lag es gerade daran, dass ich in der Jugend so mager gewesen war.

Was sich auf jeden Fall stark verändert hatte, war die Schambehaarung. Die Haare waren nicht nur weiß geworden, sondern auch glatt und dünn. So bildeten sie keinen Busch mehr, sondern sahen eher wie alte Spinnweben aus. Vielleicht war es wirklich keine schlechte Idee, sie einfach abzurasieren.

Bevor ich damit anfing, spielte ich noch ein bisschen mit meiner Vagina, da ich nun schon einmal einen Spiegel vor mir stehen hatte. Das hatte ich auch schon seit Längerem nicht mehr getan.

Die Rasur selbst nahm mehr als eine Stunde in Anspruch. Einmal schnitt ich mich ein wenig, zum Glück oben am Schambein. Ich hatte nicht gedacht, dass es so schwierig werden könnte, mit all den Rundungen und Leistenfalten fertig zu werden. Außerdem bin ich Perfektionistin, weshalb ich mich auch über ein paar Härchen rund um den After hermachte. Als Hermann schließlich läutete, hatte ich gerade die Handtücher in den Wäschekorb gelegt und war dabei, mich anzuziehen.

Ich ließ ihn vor der Tür warten, um ihn nicht halb angezogen zu empfangen. Er erahnte schon nach einem Blick in meine Augen, dass ich seinen Wunsch erfüllt hatte. Er freute sich dermaßen darüber, dass ich ihn kaum dazu bringen konnte, bei unserem Ritual mit dem Kaffee und der Dusche zu bleiben. Immerhin veranlasste mich seine Begeisterung dazu, den Kaffee durch ein schnelles Glas Leitungswasser zu ersetzen. Schon in der Badewanne ging er in die Knie und machte sich über seine frisch rasierte Lieblingsstelle her. Er war gar nicht von ihr zu trennen. Im Bett musste ich mir dann – so schön es auch war, seinen Kopf zu kraulen – etwas einfallen lassen, um mehr als nur geleckt zu werden.

»Willst du nicht probieren, wie sich dein Schwanz in ihr fühlt, jetzt wo sie so anders ist?«, fragte ich ihn.

Es funktionierte. Er setzte sich auf und sah mir noch einige Zeit zwischen die Beine. Dann durchfuhr ihn ein Zucken, und endlich drang er in mich ein. Für dieses eine Mal war das Experiment mit dem Rasieren durchaus interessant. Aber nach wenigen Tagen kratzen mich die Stoppeln so, dass ich gar nicht richtig gehen konnte. Ich war es einfach nicht gewohnt. Ich verstand gar nicht, wie irgendeine Frau das aushalten konnte. Vielleicht waren die jungen Frauen irgendwie gewandter als ich. Ich hätte mich jeden zweiten Tag rasieren müssen, um das Kratzen zu vermeiden, und das wollte ich nicht. So war es eben, und damit würde sich Hermann abfinden müssen.

23

Mit Franz waren die Zusammenkünfte völlig anders. Er sprach so gut wie nicht. Einmal, im März, konnte ich ihm zumindest ein paar Informationen über seine Freundin entlocken.

»Sie ist achtundzwanzig und hat schwarze Haare«, sagte er.

»Und was machst du so mit ihr?«, fragte ich nach.

Er hob die Augenbrauen und rührte in seinem Kaffee um.

»Einmal war ich mit ihr im Prater. Aber das war langweilig«, murmelte er.

»Und was machst du zu Ostern?«, wollte ich wissen.

»Zu Ostern fliege ich nach Hawaii«, sagte er fest.

»Mit ihr?«

»Nein, allein«, seufzte er.

Wir schwiegen. Er ging in die Küche und holte Wasser.

»Warum nimmst du sie nicht mit?«, fragte ich, als er wieder da war.

»Weil ich keine Lust dazu habe«, erklärte er.

»Macht sie das nicht traurig?«

»Keine Ahnung.«

Es hatte etwas Beruhigendes für mich, dass Beziehungen nicht aufgehört hatten, so zu sein wie damals. Wie mit meinen beiden Ehemännern. Was immer diese Beziehungen ausgemacht hatte, es war nicht Lust, Liebe, Aufmerksamkeit, Respekt oder Fürsorglichkeit gewesen, sondern irgendetwas Anderes, Überflüssiges. Aber mir brachte meine Einsicht nichts, weil sich die Vergangenheit nicht ändern ließ, und Franz brachte meine Einsicht nichts, weil er sie durch bloße Worte nicht nachvollziehen können würde. Sie würden klingen wie überflüssige Ratschläge einer alten Frau. Er tat mir leid, und vor allem seine Freundin tat mir leid.

24

Einige Wochen später, an einem sehr warmen Apriltag, klappte ich vormittags Geralds Bild im Fotoständer nach vorne. Bis dahin hatte er jenes von Peter gezeigt, der zuletzt bei mir gewesen war. Im nächsten Augenblick läutete es an der Tür. Kaum hatte ich geöffnet, umarmte Gerald mich, zog seine Schuhe aus, stürzte in die Wohnung und redete wie immer viel. Er hatte Frühstück mitgebracht, frisches Gebäck und frischen Orangensaft. Es war wie immer mehr als genug.

»Koch uns Kaffee!«, befahl er.

Ich gehorchte. Er kümmerte sich um Geschirr und Besteck und goss den Orangensaft in Gläser. Ich mochte das an ihm: Dass er mir ohne Umschweife sagte, was er wollte. Im Bett war es ähnlich. Ich konnte mein Gehirn beinahe völlig ausschalten, wenn er da war. Oder besser gesagt: Ich konnte an wichtigere Dinge denken. An meine Verliebtheit, an sein Haar, an das Wetter und die Unterschiede zwischen den Jahreszeiten zum Beispiel.

Beim Frühstück erzählte er, dass er in seiner Buchhaltung eine ganze Lkw-Ladung Schotter zu viel hatte.

»Man würde doch normalerweise denken, dass einem, wenn schon, jemand den Schotter stiehlt. Aber dass er plötzlich tonnenweise vom Himmel fällt, das ist schon komisch«, sagte er.

»Wollen wir duschen gehen?«, fragte ich, als ich satt war.

»Schon«, meinte er, »aber wir müssen flott sein. Wir wollen ja heute einen Ausflug unternehmen!«

»Was genau verstehst du unter flott?«

»Einen Quickie, falls du weißt, was das ist.«

Als ich den Tisch abräumte, klopfte er mir auf den Hintern. »Na los! Hopp, hopp!«, rief er dabei.

Ich ließ das Geschirr einfach stehen und hoppelte ins Bad. Er hüpfte mir nach. Wir duschten nur zwei Minuten lang. Im Bett leckte er mich ein bisschen, dann vögelten wir eineinhalb Minuten miteinander, ehe wir fast gleichzeitig zum Höhepunkt kamen. Gerald und ich, wir waren immer schnell, aber das war sogar für unsere Verhältnisse blitzartig. Wir hatten uns schon sehr gut aneinander gewöhnt.

Hinterher machte ich mich frisch. Als ich fertig war und zurückkam, lag er noch immer im Bett.

»Ausflug!«, rief ich.

Er sprang auf. Und kurz darauf saßen wir im Auto und fuhren ins Grüne.

»Ich will dir heute einen großartigen Ort zeigen!«, sagte er. »Wenn es dir dort gefällt, können wir im Sommer wieder hinfahren. Dann ist es noch schöner.«

Wir folgten der Donau flussaufwärts und bogen schließlich nach Süden ab. Bald rumpelte der Wagen über einen schmalen Forstweg. Mitten im Wald stiegen wir aus und spazierten unter den rauschenden Bäumen, bis wir einen kleinen See erreichten.

»Das war früher ein Steinbruch, jetzt kann man hier baden«, sagte er. »Der ganze See ist FKK-Gebiet. Ein Nacktbadestrand.«

Der Ort war wirklich malerisch. Schroffe Felsen auf der einen und ein sanftes grünes Ufer auf der anderen Seite. Jeden Moment könnte eine Nixe oder Undine dem stillen glatten Wasser entsteigen, dachte ich. Wir gingen eine Runde um den See und hielten zwischendurch einen Finger ins Wasser. Es war uns noch zu kalt, aber gegen Mittag kamen ein paar Jugendliche und badeten.

Sie sprangen vom Felsen, drehten sich in der Luft und plantschten wie verspielte Robben im Wasser. Ich beobachtete sie von einem Baumstumpf aus, während Gerald neben mir im

Gras lag. Ich war etwas zu kurzsichtig, um sie genauer ins Auge zu fassen, aber über allem lag eine Atmosphäre von Freiheit, und es war eine, die mich miteinschloss. Ich war wirklich frei, schon die ganze Zeit über, aber ich hatte es bei all der Aufregung, die mein neues Leben brachte, noch nie in dieser Intensität gespürt. Ich tat, was ich wollte. Ich genoss meine Zeit. Ich nahm mir, was sie mir bot.

»Siehst du die kleine Rothaarige«, sagte Gerald. »Die finde ich süß.«

Ich strich ihm durchs Haar und zog Schuhe und Strümpfe aus. Zumindest die Füße wollte ich ins Wasser stellen.

»Mit dir fahre ich, wohin du willst«, sagte ich und wunderte mich selbst über die Hingabe in meinem Tonfall.

Ein junger Mann, der auf dem Felsen stand, winkte mir zu. Ich winkte zurück.

Am frühen Nachmittag gingen wir zum Auto zurück. Um der Abwechslung willen schlugen wir einen Umweg ein, der sich als ziemlich ausgedehnt erwies. Ich musste ab und zu kleine Pausen einlegen, weil meine Beine daran nicht gewöhnt waren. Mit der Linken war ich bei Gerald eingehängt, mit der Rechten strich ich durch die Farne am Wegrand. So kamen wir um eine Kurve.

Vor uns lag nun ein schnurgerades Stück der Forststraße. In der Ferne vor der nächsten Kurve stand ein rotes Auto. Plötzlich ging die Beifahrertür auf, eine kleine Gestalt fiel heraus, und das Auto fuhr davon, eine Staubwolke hinter sich herziehend. Die kleine Gestalt verschwand im Wald.

»Was war da los?«, fragte ich.

»Keine Ahnung«, murmelte Gerald, der offenbar wie ich ein mulmiges Gefühl hatte.

Gleich darauf lief er laut rufend los. Ich wartete und sah ihn vom Weg ins Unterholz abbiegen. Bald hörte ich seine Stimme nur mehr ganz leise. Ich bekam Angst. Was war da passiert?

Vielleicht hatte ein Vater nur sein Kind zum Spielen in den Wald gebracht. Oder es war gar kein Kind, sondern ein kleinwüchsiger Erwachsener gewesen. Vielleicht hatte mir auch meine Kurzsichtigkeit einen Streich gespielt, und das da vorne war ein ganz normaler Erwachsener gewesen, der im Wald Kräuter sammeln wollte. Aber der Gedanke an ein Verbrechen blieb, und meine Angst wurde immer größer. Es war so still. Geralds Stimme war nicht mehr zu hören. Ich kannte mich hier nicht aus und hätte nicht einmal den Weg zum Auto gefunden. Meine Beine fühlten sich jetzt völlig kraftlos an, und ich setzte mich an den Wegesrand.

Geralds Suche blieb erfolglos. Als er zurückkam, hatte er niemanden gefunden.

»Ruf die Polizei«, sagte ich, obwohl ich sah, dass er sein Mobiltelefon bereits in der Hand hielt.

Auch er konnte aus dieser Entfernung nicht viel mehr gesehen haben, als dass das Auto rot war. Die Polizei war entsprechend überfordert. Schweigend gingen wir zum Auto. Als ich auf dem Beifahrersitz Platz nahm, brauchte ich unbedingt Geralds Nähe. Ich war ängstlich, beinahe hysterisch. Er war ebenfalls unruhig und abwesend, aber ich brauchte ihn jetzt. Über die Handbremse beugte ich mich zu ihm und nahm seinen weichen Penis in den Mund. Ich musste ihn lange Zeit liebkosen, bis er hart wurde.

Ich fand es dabei schrecklich, auf diese Art glücklich zu sein, während jemand anderer, viel jüngerer als ich, womöglich leiden musste. Aber als Gerald den Fahrersitz umgelegt hatte, und als ich mich auf ihn gesetzt hatte und ihn in mir fühlte, ahnte ich plötzlich, was das Glück ist. Es ist eine Freude, die niemandem schadet. Und gegen die darf man sich nicht wehren. Sonst wird man verrückt.

Ich umarmte Gerald so fest ich konnte und glitt an seinem Körper entlang hinunter, bis sein Schwanz nicht mehr tiefer in mich eindringen konnte. So blieben wir regungslos liegen. Erst nach langer Zeit zog ich zuerst einmal, dann mehrmals hintereinander meine Scheidenmuskeln zusammen. Ich fühlte seinen Penis zucken, sein Sperma gegen meinen Gebärmuttermund prallen. Zum zweiten Mal an diesem Tag waren wir zu einem einzigen Lebewesen verschmolzen. Der Schweiß schoss aus allen meinen Poren. Jetzt zuckte auch ich.

25

In der folgenden Nacht hatte ich einen eigenartigen Traum. Ich war wieder bei diesem See. Ich sah die Gestalt, die aus dem Auto geworfen worden war, vor mir stehen. Es war eine junge Frau, etwa zwanzig Jahre alt.

»Ziehen Sie sich aus, Frau Vavrik«, sagte sie. »Das ist ein Nacktbadestrand. Das alles hier ist ein einziger Nacktbadestrand!«

»Du hast einen schönen Pullover«, sagte ich.

Gleich darauf war ich nackt.

»Sie haben ähnliche Brüste wie ich«, sagte sie. »Ähnliche Brustwarzen.«

Sie zog sich den Pullover aus. Sie hatte ganz andere Brustwarzen als ich. Sie waren viel kleiner. Sie hatte noch nicht gestillt.

»Sie haben ähnliche Schamlippen wie ich«, sagte sie.

Das stimmte. Bloß war ihr Schamhaar schwarz und dicht.

»Ich kann fliegen!«, sagte sie.

Ihre Füße hoben vom Boden ab, ihre Beine waren gespreizt, ihre Vagina schwebte auf mich zu, und ich leckte sie. Sie schmeckte gut. Eine Mischung aus Lebkuchen und dem Geschmack, den die Penisse meiner Liebhaber haben, nachdem sie in mir gewesen sind. Mit diesem Geschmack auf der Zunge beugte ich mich über den See. Dabei hörte ich Geralds Stimme. Er drang von hinten in mich ein. Ich sah mein Gesicht im Wasser.

Peter berührte mit seinen goldenen Händen meinen Rücken. Ich entdeckte am gegenüberliegenden Ufer eine ganze Menge nackter Menschen, die mir zuwinkten.

Da spürte ich die Hände von Franz, die meine Brüste streichelten.

Hermann küsste mich. Seine Zunge war rau, aber süß. Gleich darauf verwandelte sie sich in einen Penis und bohrte sich in meinen Mund. Gerald glitt in meiner Scheide hin und her, Hermann in meinem Mund, Peter und Franz streichelten mich unaufhörlich. Ich schwebte im weiten Blau des kleinen Sees.

Ich hörte Hermanns Stimme, verstand aber nicht, was er sagte. Ich fühlte, wie er mir mit zwei Fingern in den Hintern griff. Dann waren die zwei Finger sein kleiner, aber hübscher und geschickter Schwanz.

Schließlich saß ich weit oben auf dem Felsen, neben mir das junge Mädchen. Wir ließen unsere Füße baumeln. Über den See legte sich Nebel. Nur hier oben bei uns war die Luft noch klar.

Ich sah ihr ins Gesicht und erschrak. Es war die Frau des Tänzers, mit dem ich meinen ersten Mann betrogen hatte und die so früh gestorben war. Sie sah jünger aus als damals, als ich sie kannte.

»Was machst du hier?«, fragte ich.

»Ich bin jetzt zwanzig«, antwortete sie.

»Und sonst?«, fragte ich.

»Ich bin jetzt tot«, sagte sie.

»Und wenn du tot bist, warum kommst du dann zum Nacktbadestrand?«, fragte ich.

»Um nachzuholen, was ich versäumt habe«, sagte sie.

Was es mit dem roten Auto und der kleinen Gestalt auf sich hatte, erfuhr ich nie.

26

Der April ging vorüber. Einmal noch lag eine dünne Schicht Schnee auf den Blüten der Kirschbäume, dann war der Mai da.

Mein Leben schien nun beinahe in geregelten Bahnen zu verlaufen. Meine vier Liebhaber besuchten mich regelmäßig und erfüllten meine Tage. Ich schrieb nun auch wieder mehr, meine Geschichten wurden immer ausgefallener, und manchmal ließ ich einen meiner Liebhaber eine lesen. Der lachte dann, aber oft erregten die Geschichten ihn auch, und wir landeten daraufhin meistens schnell im Bett.

Auch dem Grafen, mit dem ich manchmal noch telefonierte, erzählte ich von meinen Geschichten, und eines Tages fragte er mich, ob ich bereit wäre, für einen Bekannten von ihm eine erotische Geschichte zu einem ganz speziellen Thema zu verfassen. Ich überlegte zuerst lange, beschloss dann aber, diesen Auftrag anzunehmen. Es machte mir Spaß, eine Geschichte speziell für jemanden zu schreiben und zu wissen, dass er sie lesen und sich vielleicht damit einen erregenden Moment verschaffen würde.

Von da an meldeten sich immer wieder Männer bei mir, die um spezielle Geschichten, die ihre erotischen Träume und Wünsche widerspiegelten, baten. Einer der Männer wünschte sich beispielsweise, seine alten Lieblingsmärchen in erotische Geschichten umgeschrieben zu bekommen. Ihn erregte besonders die Erotik der schönen bösen Feen und Zauberinnen, und mich machte es froh, wenn er sich über meine Geschichten freute. So wurde das Schreiben immer wichtiger für mich, und neben meinen Liebhabern füllte es meine Tage aus.

Aber es betrübte mich noch immer, dass ich mit meinen Söhnen nicht über mein jetziges Leben sprechen konnte. Ich wusste einfach nicht, wie ich damit anfangen sollte.

Einmal lud ich eine Nachbarin auf einen Tee zu mir ein. Sie war etwa in meinem Alter. Krankheiten und das Wetter, diese beiden Themen standen zur Verfügung, auf andere reagierte sie gar nicht. Wenn ich es versuchte, lenkte sie ab.

»Wissen Sie, wie eine Blondine eine Banane schält?«, fragte ich im vollen Bewusstsein, dass der Witz für die Situation viel zu obszön sein würde. Aber ich hielt es einfach nicht mehr aus. Ich wollte mit allen Mitteln verhindern, von noch einer weiteren seltenen Krankheit zu erfahren.

Die Nachbarin lachte kein bisschen, als ich die Frage beantwortet hatte. Sie schwieg mich etwa fünf Minuten an, um dann festzustellen, dass sie die Wäsche aufhängen gehen müsse.

Solche Erlebnisse bestärkten mich in meiner Angst, offen mit meinen Söhnen zu sprechen. Die Vorstellung, ins Leere zu reden und danach ganz alleine und von mir selbst verraten dazustehen, war ein Albtraum für mich. Vermutlich war viel Feigheit dabei, denn von erwachsenen Männern war mehr Verständnis zu erwarten als von einer alten Nachbarin. Dass diese Männer aber eben meine Söhne waren, machte die Sache unberechenbar.

Umgekehrt hatte ich immer alles über das Leben meiner Kinder wissen wollen, auch wenn ich oft zu viel mit mir selbst zu tun gehabt und manchmal nicht gut genug zugehört hatte und unaufmerksam gewesen war. Aber ich wollte immer Bescheid wissen über die Dinge, die sie bewegten, die sie ausmachten. Ich hatte mich immer ernsthaft bemüht, ihre Probleme zu verstehen, auch wenn es mir manchmal nicht gelungen war, zumindest nicht gleich. Ich konnte es also riskieren. Vielleicht würde ich von ihnen zurückbekommen, was ich ihnen gegeben oder zumindest zu geben versucht hatte.

Ich rief zuerst meinen Jüngsten an. Ich stotterte ein bisschen herum und machte ein paar Andeutungen, die er nicht verstehen konnte. Er lachte zuerst nur. Nachdem er schon einige Male nachgefragt und ich nicht klar geantwortet hatte, wurde er ernst. Ich fasste mich und sagte ihm schließlich, dass ich ein Buch über mein Leben schreiben wolle. In Wirklichkeit hatte ich bis dahin nur daran gedacht, meine erotischen Kurzgeschichten zusammenzufassen, aber jetzt auf einmal wurde mir klar, dass es mehr sein musste.

»Du hast schon so viele verrückte Sachen gemacht, Mama, dann wirst du so etwas auch schaffen!«, sagte er.

Dass es kein Buch über meine Vergangenheit werden sollte, sondern eines über meine Gegenwart und was diese Gegenwart ausmachte, sagte ich ihm nicht. Dafür war ich weiterhin zu feige. Und das, obwohl ich in diesem Moment überzeugt war, dass er mich verstehen würde. Ohne diese Überzeugung hätte ich gar nicht begonnen, dieses Buch zu schreiben.

Kurz nach dem Telefonat mit meinem Jüngsten rief mein Ältester an. Er lobte meine Idee mit dem Buch. Er hatte davon bereits von seinem Bruder erfahren. Er meinte, dass es eine gute Beschäftigung für mich sei und dass ich ohnedies Beschäftigung brauche, nun, da ich den Laden aufgegeben hatte. Ich musste lachen. Er konnte nicht ahnen, wie beschäftigt ich mit meinem Liebesleben war.

Obwohl ich noch nicht den Mut hatte, meinen Söhnen von meinem neuen Leben zu erzählen, gaben sie mir doch die Kraft, mein neues Projekt zu starten und dieses Buch in Angriff zu nehmen, weil sie mir vertrauten und weil ich wusste, dass ich ihnen vertrauen kann. Ich verdanke meinen Söhnen nicht nur, dass ich meine zweite Ehe und die harte Zeit danach überstanden habe, sondern auch, dass ich letztendlich den Mut gefasst habe, tatsächlich über mein Leben zu schreiben.

Schneewittchen

Ich bin eine böse Königin und kann zaubern. Ich bin die Schönste im ganzen Land, und deshalb hat mich der König zu seiner Frau gemacht. Ich kann die Beine sehr gut spreizen und meine Muschi ist so ansehnlich und gepflegt wie keine andere weit und breit. Ich habe sieben Dienerinnen, die täglich mein Schamhaar stutzen und meine Klitoris massieren, damit sie in Form bleibt.

Außerdem habe ich einen Spiegel, der mir jeden Morgen bestätigt, dass ich die Schönste bin. Der Spiegel lobt mein dichtes dunkles Haar, meine feine, aber ausdrucksvolle Nase, meine vollen, aber festen Brüste, meinen flachen, aber sichtlich fruchtbaren Bauch.

Aber ich habe natürlich eine Stieftochter. Mein Mann hat sie in die Ehe mitgebracht. Ihre Haut ist so weiß wie Schnee, ihre Lippen sind so rot wie Blut, und ihr Haar ist so schwarz wie Ebenholz. Eines Morgens sagt mir der Spiegel, dass sie schöner sei als ich.

Ich werde fast verrückt. Bin ich gealtert? Ich gehe zu meinem Mann und spreize meine Beine, so, wie ich es am besten kann. Er fickt mich, in voller Rüstung noch dazu. Aber ich habe keinen Höhepunkt.

Deshalb gehe ich zu den Wachen in den Burghof, setze mich auf einen Strohballen und spreize meine Beine. Die Wachen holen ihre Schwänze aus ihren eisernen Hosenschlitzen, und mit ihren

Speeren und Schwertern in den Händen stoßen sie mich wie Tiere. Aber auch das macht mir heute keinen Spaß.

Am Morgen beobachte ich meine Stieftochter, wie sie webt und stickt und andere langweilige Dinge tut, die sich für eine Jungfrau gehören. Wie kann es sein, dass so ein langweiliges Ding schöner ist als ich? Ich frage wieder den Spiegel. Er sagt mir wieder dasselbe wie am Vortag. Ich bin nicht mehr die Schönste im Land, sondern sie ist es.

Ich halte es kaum aus. Wenn mein Mann mit mir schläft, habe ich das Gefühl, dass er nur an seine Tochter denkt. Wenn die Wachleute ihr Sperma in mich pumpen, denke ich, dass auch sie nur Schneewittchen, die Prinzessin, im Sinn haben. Ich denke jeden Abend an Selbstmord. So kann es nicht weitergehen.

Ich beauftrage einen Jäger, Schneewittchen zu töten. Der aber hat zu viel Mitgefühl mit ihr. Er lässt sie im Wald entkommen. Ich spreize meine Beine, wie ich es eben am besten kann, nur für ihn und sorge dafür, dass er wegen Vergewaltigung der Königin gevierteilt wird. Sein Kopf wird aufgespießt. Schneewittchen bleibt verschwunden.

Die Wachen langweilen mich immer mehr. Sie brennen nicht mehr für mich. Ich gehe zu den Gefangenen in die Zellen und Folterkammern. Ich lasse sie waschen, bringe ihnen Essen und gebe mich ihnen hin. Sie sind wie Wölfe, die jahrelang nur Joghurt und kalte Gemüsesuppe zu fressen bekamen. Einige von ihnen haben schon mehr als zwanzig Jahre lang keine Frau mehr gesehen. Aber selbst sie können mir keine Freude bereiten.

Einer ist von den Entbehrungen in den vielen Jahren etwas lahm. Ich lege ihm Daumenschrauben an, ziehe ihm die Hose aus und reibe seinen Schwanz. Ich verspreche ihm, dass ich ihm das Folterwerkzeug wieder abnehme, wenn er mir in den Mund spritzt. Endlich wird sein kümmerlicher Schwanz steif. Jammernd kommt er.

Aber ich habe wieder keine Freude damit. Statt mein Versprechen einzulösen, ziehe ich die Daumenschrauben noch fester an. Er schreit und winselt um Gnade. Ich reibe meine Klitoris und lecke über sein verzerrtes Gesicht. Endlich komme ich, aber glücklich bin ich trotzdem nicht.

Es gibt da noch immer diese andere Frau, meine Stieftochter. Ich will nicht, dass jemand sie bevorzugt. Das ist meine schrecklichste Vorstellung.

Ich fahre durch die Dörfer der Leibeigenen und lasse mich von jedem schmutzigen Bauern besteigen. Kaum betrete ich eine Hütte, schon hat der Bauer völlig auf seine Frau vergessen und stürzt sich sabbernd und mit wildem, abwesendem Blick auf mich.

Aber das alles ist mir nicht genug an Bestätigung. Ich bin sicher, dass jeder dieser Tölpel lieber Schneewittchen nehmen würde, wenn sie neben mir stünde. Ich frage den Spiegel, wo sich meine Stieftochter befindet. Der Spiegel verschweigt mir nichts. Er zeigt mir eine Hütte hinter den sieben Bergen, hinter den sieben Flüssen. Ich sehe Schneewittchen im kleinen Schlafzimmer bei den sieben Zwergen. Die sieben Zwerge kriechen auf ihr herum, stecken ihr ihre winzigen Penisse in den Mund, in die Muschi, in den Hintern. Rote Schwänze reiben sich an ihrer schneeweißen Haut. Feines weißes Sperma verklebt ihr ebenholzschwarzes Haar. Ihre blutroten Lippen beben und suchen nach den Schwänzen der Zwerge.

Ich wende meine Augen vom Spiegel ab, lege mich ins Bett und versuche zu schlafen. Aber die Sache lässt mir keine Ruhe. Ich stehe auf, zünde eine Kerze an und befehle dem Spiegel wieder, mir Schneewittchen zu zeigen. Ich nehme dabei einen Kerzenständer aus Massivgold und führe ihn mir ein.

Meine Stieftochter hat noch immer nicht aufgehört, mit den sieben kleinen bärtigen Männern auf den sieben kleinen Bettchen herumzumachen. Ich stelle mir vor, selbst diese Leidenschaft zu erfahren, nur macht es mich keineswegs glücklich, sondern eher zornig. Ich will an ihrer Stelle sein.

Ich stoße mir den Kerzenständer so tief zwischen die Beine, dass es weh tut, und drücke meine Brüste dabei so fest ich kann. Aber der Kerzenständer ist kalt und groß, nicht winzigklein und heiß wie ein Zwergenschwanz. Meine Hand ist viel zu kräftig im Vergleich zu der Hand eines Zwergs. Außerdem sind es nur ein

Kerzenständer und nur eine Hand und nicht sieben.

Ich schleudere den Kerzenständer gegen den Spiegel. Das Glas zerspringt. Ich gehe hinunter in die tiefsten Kellerräume des Schlosses und mische dort den giftigsten Trank zusammen, den die Welt je gesehen hat. Ich verkleide mich als alte Frau, lege einen roten Apfel ins Gift und warte, bis der Apfel die ganze zerstörerische Kraft des Giftes aufgesogen hat. Zum Zeitvertreib mische ich mir einen Trank, der mir einen stundenlangen Orgasmus beschert. Ich liege auf dem nassen Steinboden, schwitzend und zuckend.

Dann fliege ich über die sieben Berge und Flüsse zur Hütte der sieben Zwerge. Es ist Morgen. Die kleinen Männer sind losgezogen, um mit ihren Spaten und Schaufeln Löcher in die Berge der Umgebung zu bohren. Schneewittchen ist allein.

Ich grüße sie durch das Fenster der Hütte. Sie grüßt zurück. Ich biete ihr den Apfel an. Er ist rot wie die wahre Liebe, denke ich, als sie abbeißt.

Als sie am Boden liegt, beschwöre ich einen bösen Geist, der mich in einen Mann verwandelt. Ich hebe ihren Rock und lecke über ihre tatsächlich wunderschöne Muschi. Sie ist wirklich schöner als die meine. Sie ist hübsch gerundet, nicht zu groß, nicht zu breit, eher eng. Die inneren Schamlippen sind fast völlig symmetrisch. Ab jetzt wird sie mir nicht mehr im Weg stehen.

Ich reiße ihr alle Kleider vom Leib. Noch nie habe ich so fein geformte Brustwarzen gesehen, noch nie so eine schlanke Taille, noch nie so hübsche Beckenknochen. Ich drehe ihren Körper um. Ihr Rücken ist wunderbar glatt, und wie sie so daliegt, ist ihre Wirbelsäule elegant geschwungen.

Ihr Haar duftet immer noch nach Leben, ihr Hals ist immer noch warm. Ich lege mich auf sie und küsse sie von oben bis unten. Ich erinnere mich daran, dass ich ein Mann bin, fasse zwischen meine Beine und finde dort einen Schwanz. Er pulsiert, er scheint zu hecheln wie ein Hund, und ich weiß sehr gut, wonach es ihn verlangt. Ich stecke ihn in das leblose Schneewittchen und drücke ihren kugelrunden, aber festen Hintern mit den Fingern. Ich bin dieses Gefühl nicht gewöhnt und komme sofort beim Eindringen.

Ich höre mein Stöhnen und wundere mich über meine tiefe männliche Stimme. Ich packe Schneewittchen und schleppe sie zu den sieben Bettchen, lege sie darauf, ziehe ihre Beine auseinander. Ich sehe sie mir genau an, jede ihrer Kurven taste ich mit den Augen ab und reibe mir den Schwanz, bis er wieder steht. Jetzt bin ich wieder in ihr. Ihre Arme baumeln leblos an den Rändern der Bettchen herab.

Es ist Abend geworden, und ich bin noch immer kein zweites Mal in ihr gekommen. Das beunruhigt mich. Ich dachte, dass es mein höchstes Glück sein würde, wenn meine größte Rivalin endlich beseitigt wäre.

Da höre ich die Stimmen der Zwerge. Singend kehren sie von der Arbeit nach Hause zurück. Ich hole meinen Schwanz aus der schönsten Muschi der Welt und verstecke mich in einem Schrank.

Die Zwerge betreten die Hütte. Sie sehen ihre tote nackte Geliebte und weinen. Ich kichere im Schrank. Ich habe einen Plan. Ich lasse mich von dem bösen Geist wieder in meine eigene schöne Gestalt zurückverwandeln. Ich will mich von den sieben Zwergen besteigen lassen, so, wie sie es mit meiner Stieftochter getan haben.

Ich will die Schranktür öffnen, als ich durch den Spalt erkenne, wie sich die Zwerge gegenseitig auf die Schultern klettern. Ich halte inne. Einmal stürzt ihr Turm ein. Sie versuchen es wieder, sie halten sich aneinander fest und wachsen dabei zu einem großen Mann zusammen, zu einem Prinzen.

Der Prinz weint. Er legt sich auf Schneewittchen. Seine Tränen tropfen auf ihre Wangen. Seine Lippen streichen über ihre Stirn. Und plötzlich tut er genau dasselbe, was ich in Männergestalt getan habe. Er holt seinen Schwanz heraus, reibt ihn an ihrer wunderschönen Muschi, steckt ihn in sie. Dann aber fasst er ihre Hände und legt sie um seinen Körper. Er nimmt ihren Kopf in die Hände, küsst sie überall im Gesicht und befeuchtet es mit seinen Tränen.

Er bewegt sich schneller und schneller in ihr, als hätte er seine Trauer über ihren Tod vergessen. Ich fasse mir auf die zweitschönste Muschi der Welt. Es kommt mir vor, als hätte ich noch nie so einen liebevollen Akt gesehen. Ich lasse meinen Mittelfinger langsam auf der Klitoris kreisen und stecke mir zwei Finger der anderen Hand in die Muschi.

Ich sehe, wie der Prinz in Schneewittchen kommt. Er drückt sie an sich, umfasst sie, küsst sie, vergräbt sich in ihrem Hals. Da sehe ich, wie sie Luft holt und ihm ins Ohr haucht, dass sie ihn liebt. Er lacht verschreckt auf. Sie umarmen sich innig.

Mich erfasst unglaublicher Zorn. Ich reiße die Schranktür auf und will die beiden für alle Ewigkeit verfluchen. Aber dann sehe ich die Augen des Prinzen und die Augen meiner Stieftochter, und ich verliebe mich plötzlich unendlich in beide.

Ich tue das, was ich am besten kann. Ich setze mich auf eines der Bettchen und spreize meine Beine. Sie sehen sich an. Zuerst lacht Schneewittchen, dann lacht auch der Prinz. Schneewittchen stellt sich breitbeinig über mich und lässt sich lecken. Wenn sie nicht wieder leben würde, hätte ich die allerschönste Muschi der Welt nie in lebendigem, geschwollenem Zustand erlebt.

Ich sauge an den Schamlippen, streiche mit den Fingern durch das weiche Schamhaar und lecke an der zarten Stelle zwischen Eingang und Klitoris. Ich nehme ihr Becken und drücke es gegen mein Gesicht, reibe es an ihr und versuche, so viel wie möglich von ihrer Feuchtigkeit in mich aufzusaugen. Ich möchte sie austrinken und dabei höre ich auf ihre Stimme. Sie hat eine schöne Stimme. Ihr Stöhnen ist hoch und klar.

Ich sage ihr, dass sie den Prinzen bitten soll, mich zu nehmen. Sie dreht sich zu ihm um und winkt ihn zu sich heran. Er zögert nicht lange. Ich sehe an seinem Schwanz, dass er schon darauf gewartet hat. Jetzt bin ich glücklich.

Sein Schwanz ist steinhart, aber er stößt mich liebevoll. Ich denke, dass ich wohl glücklicher bin, als es Schneewittchen trotz ihrer überragenden Schönheit sein kann. Denn erstens habe ich jetzt auch alle sieben Zwerge in Form eines einzelnen großen Prinzen in mir. Und zweitens habe ich Schneewittchens Muschi im Gesicht, die schönste Muschi der Welt. Wenn sie mich lecken würde, mich, die zweitschönste, würde sie niemals so glücklich sein, wie ich es gerade bin.

27

Ich mochte den Muttertag noch nie. Aber Gerald bestand darauf, mich zu einem Mittagessen in ein Restaurant auszuführen. Bei Gerald ist jeder Widerstand zwecklos. Um elf Uhr vormittags stand er vor der Tür. Als ich öffnete, küsste er mich und stürzte herein. Schon stand er im Wohnzimmer, nahm den Blumenstrauß, den er mir letztes Mal mitgebracht hatte, aus der Vase, wechselte das Wasser und stellte einen neuen Strauß hinein.

»Danke«, sagte ich. »Wie viele Rosen sind das?«

»Rate«, meinte er.

»Fünfunddreißig?«

Ich wollte extra zu hoch schätzen.

»Stimmt genau«, strahlte er. »Und da behauptest du, du hättest keine guten Augen! Es sind neunundzwanzig rote und fünf rosa Rosen, eine ist weiß.«

»Was bedeutet die weiße?«

»Die steht für ein kleines bisschen Unschuld. Es ist ja nicht so, dass wir immer nur vögeln würden«, lächelte er.

Ich umarmte ihn.

Wir verließen das Haus und stiegen in sein Auto.

»Auch bei kurzen Strecken soll man an den Gurt denken«, grinste er.

Ich wusste erst, was er meinte, als wir nach wenigen Minuten Autofahrt vor dem Restaurant Laxenburgerhof hielten.

»Was machen wir hier?«, fragte ich.

Er zeigte auf eine schwarze Tafel, die neben dem Eingang lehnte. »Willkommen, Frau Vavrik«, stand darauf.

Der Laxenburgerhof war eines der teuersten Restaurants weit und breit. Ich hatte bisher immer ehrfürchtig einen Bogen darum gemacht. Jetzt bot mir Gerald den Arm an, und wir traten ein.

Der Chef persönlich führte uns zum reservierten Tisch. Der war schon gedeckt, er zündete nur noch die Kerze an. Ich musste vor Rührung fast weinen.

Die Servietten waren kompliziert gefaltet. Vier Messer und vier Gabeln lagen links und rechts neben dem Teller. Eine ganze Menge Gläser stand bereit. An so einem eleganten Tisch hatte ich noch nie gesessen. Mein erster Mann hatte mich hin und wieder zu Geschäftsessen mitgenommen, aber das war etwas völlig anderes gewesen.

Die Kellner tanzten um uns herum, brachten einen Gruß aus der Küche und verschiedene Suppen, weitere Vorspeisen und inklusive der Nachspeise mindestens acht Gänge. Zuerst lachte ich über die kleinen Portionen. Aber nach dem dritten Gang verging mir das Lachen, und ich verstand, warum die anderen, viel nobleren Damen immer etwas auf dem Teller übrigließen. Jetzt war ich auch eine noble Dame.

Die Rindssuppe mit Kalbsbrieseinlage, die Aspikröllchen und die Kaviarpastete auf Welsfiletstreifen hatte ich noch ganz verputzt, aber vom entgräteten Zander ließ ich schon fast die Hälfte übrig. Beim Hirschsteak mit Preiselbeerensoße ließ ich die Beilagen so gut wie unberührt, und vom Steak selbst aß ich angesichts der ausständigen weiteren Gänge nur ein kleines Stückchen.

Gerald und ich dachten natürlich nicht daran, uns wie ein Liebespaar zu benehmen. Ich tat das mit keinem meiner Freunde. Für mich war es zwar inzwischen ganz normal geworden: Manche Männer fühlten sich zu gleichaltrigen Frauen hingezogen, viele zu jüngeren und einige eben zu älteren. Ich entsprach logischerweise dem Beuteschema Letzterer, aber die Gesellschaft war vermutlich nicht so weit, das zu tolerieren. Obwohl ich wirklich nicht wüsste, was daran seltsam sein sollte, wenn junge Männer alte Damen bevorzugen. Niemand findet schließlich etwas dabei, wenn sich junge Frauen alte Männer nehmen. Ihnen wird meistens unterstellt, dass es ihnen ums Geld gehe, aber das allein wird es nicht sein, jedenfalls nicht immer. Objektiv betrachtet sind junge Frauen natürlich schöner, weshalb sich Männer mit ihnen lieber in der Öffentlichkeit zeigen. Ich verstehe das. Sie halten sich an gesellschaftliche Spielregeln, die mich nicht stören. Ich habe kein Bedürfnis, in diesem Punkt die Welt zu verändern. Das sollen Jüngere tun, wenn sie meinen. Ich mache den Leuten auch keinen Vorwurf aus ihrem Unverständnis. Sie wissen einfach nicht, dass es solche Männer gibt, oder zumindest nicht, wie viele es sind. Ich habe das bis vor Kurzem ja selbst nicht gewusst. Aber nun, da ich es selbst erfahren habe, will ich einfach nur mein Leben und so viel Liebe wie möglich genießen. Meine Liebhaber machen mich glücklich und ich sie. Mehr verlange ich nicht. Mehr brauche ich nicht.

Diesmal machte sich Gerald einen Spaß daraus, mich während des Essens immer wieder mit Mama anzusprechen. Zuerst fand ich das unangenehm. Aber sein Blick war so schmeichelhaft und lüstern, dass ich auf das Spiel einging und ihn nun auch Kindchen oder Liebling nannte. Dabei spielten wir mit unseren Füßen unter dem Tisch. Ab und zu strich ich ihm scheinbar mütterlich übers Gesicht, wofür ich von ihm Wangenküsse bekam. Ich glaube, dass er einige Male öfter als notwendig auf die Toilette ging, nur um aufstehen und mich küssen zu können.

»Wir sollten uns nicht überessen«, meinte er zwischen den Gängen, »sonst ist der Feiertag zu rasch vorbei.«

»Wir sollten zumindest nicht schon hier im Restaurant einschlafen«, antwortete ich. »Und du solltest auch noch deine Hausübungen machen, Kindchen.«

»Ich weiß einen Ort, an dem ich heute gerne schlafen würde, Mama«, grinste er. »Oh! Noch einen Schluck Wein?«

Der Wein war wirklich hervorragend. Ich war zwar keine Expertin und trank sonst auch eher mäßig. Aber ich bemerkte doch, wie gut der Weißwein zu den Vorspeisen und dem Fisch passte und wie perfekt der Rote das Hirschsteak ergänzte.

»Mama, ich darf nicht zu viel trinken, sonst müssen wir zu Fuß nach Hause gehen«, kicherte er.

»Aber trink nur, mein Lieber, das schaffe ich schon«, flüsterte ich, während sein Fuß unter dem Tisch meinen Rock hob.

Es folgten die Nachspeisen: winzige Küchlein mit Eis und unglaublich dünne Scheiben Apfelstrudel, dazu Espresso.

Als wir gingen, war ich ziemlich angeheitert, und der Zucker der Nachspeisen verstärkte die Wirkung noch. Wie viel das Ganze gekostet hat, habe ich nie erfahren.

Obwohl es ihm ähnlich ging, brachte mich Gerald natürlich doch im Auto nach Hause zurück. Satt und zufrieden fiel ich aufs Bett. Er zog mir die Unterhose aus und streichelte mich. Vollkommen zufrieden schlief ich dabei ein.

Als ich zwischendurch einmal die Augen öffnete, war er nackt. Jetzt zog er auch mich ganz aus. Dann beugte er sich über mich, und schon war er in mir. Ich sah alle möglichen Bilder vor meinen Augen vorbeiziehen. Es war nicht wild. Es war nicht geil. Es war einfach unendlich angenehm. Danach schlief ich wieder ein, und als ich das nächste Mal wieder erwachte, schlief er mit einem glücklichen Lächeln auf den Lippen neben mir.

28

Einige Tage später besuchte mich Peter. Er schien betrübt zu sein und brachte kaum ein Wort heraus. Als er den Kaffee unberührt ließ, fragte ich ihn, was los sei. Er zuckte mit den Achseln. Er wollte auch kein Bier und fragte nur, ob er auf den Balkon gehen dürfe, um eine Zigarette zu rauchen. Ich lud ihn ein, gleich hier im Wohnzimmer zu rauchen und brachte ihm eine Untertasse als Aschenbecher. Er zündete sich eine Marlboro an, nahm tiefe Züge und schwieg.

Als er die Zigarette ausgedämpft hatte, verriet er mir endlich, dass er seine Freundin verlassen hatte. Aber jetzt bereue er es, sagte er.

»Warum machst du so etwas?«, rügte ich ihn.

Ich war wirklich erschrocken. Das hätte er nicht tun dürfen. Damit brachte er alles aus dem Gleichgewicht. Weil die Art von Bedeutung, die er unserer Beziehung damit gab, sie zu sehr belasten würde.

»Ich fand es langweilig mit ihr. Ich dachte, ich hätte genug Liebe, weißt du? Ich dachte, du genügst mir«, jammerte er.

Genau das hatte ich befürchtet.

»Du bist dumm«, schimpfte ich.

»Ein bisschen vielleicht, stimmt«, seufzte er.

»Nein, sehr dumm. Wohin, glaubst du, würde das mit mir führen? Du bist knapp über zwanzig.«

»Naja. Ich weiß ja«, murmelte er.

»Also, was willst du jetzt machen?«, fragte ich.

»Gehen wir duschen?«, sagte er nach kurzem Nachdenken

leise. »Ich würde mich gern bemühen, vielleicht schaffen wir es heute von hinten …«

Er lächelte verlegen. Dann sah er mich mit großen Augen an.

»Nein«, sagte ich schroff. »Das geht nicht.«

»Warum nicht?«

»Du musst das mit deiner Freundin klären, und dabei darfst du dich nicht von mir ablenken lassen. So ist es nicht richtig.«

»Vielleicht will ich sie aber lieber doch nicht zurückhaben«, wehrte er sich.

»Dann such dir eben eine andere«, sagte ich, »aber mit mir geht das so nicht. Das ist schlecht für dich.«

Schließlich stand er schweigend auf. Er musste in seinem Leben noch etwas aufbauen, und ich wünschte ihm, dass es etwas Gutes sein würde. Etwas, über das er sich im Alter freuen können würde. Ich, und da war ich mir jetzt ganz sicher, würde ihm dabei nur im Weg stehen.

Endgültigkeit lag auf einmal in der Luft. In der Wohnungstür drehte er sich wieder um.

»Darf ich dir zum Abschied einen Kuss geben?«, fragte er.

»Einen letzten«, lächelte ich.

»Einen letzten«, sagte er.

Er küsste mich auf die Wange. Dann auf den Mund.

»Leb wohl«, sagte ich, und in diesem Moment begriff ich, dass ich ihn vermutlich wirklich nie mehr sehen würde.

»Du auch«, flüsterte er und verschwand im Treppenhaus.

Ich war traurig. Jetzt hatte ich um einen Musketier weniger. Nur noch drei waren übrig.

Ich würde Peters goldene Hände vermissen. Aber es war besser so. Er war einfach zu jung.

29

Von den Kirschbäumen regnen die Blütenblätter. Ein weiterer Sommer naht. Seit dem Beginn meines neuen Lebens ist mehr als ein Jahr vergangen.

Der Gusseisenengel, den mir Jakob, der Häftling, geschenkt hat, steht in einer Ecke meines Wohnzimmers. Es ist die Ecke, in der auch mein Marienbild steht.

Ich bete jetzt wieder öfter. Es hat sich einfach so ergeben. Jetzt, wo ich Gerald, Hermann und Franz habe und glücklich bin, jetzt fühle ich, dass sich etwas erfüllt hat.

Ich fühle mich nicht jünger. Aber ich kann wieder schlafen. Die Zeit ist nicht stehen geblieben, hat sich auch nicht zurückgedreht. Sondern sie ist weitergelaufen, die Uhren haben sich weitergedreht. Ich bin inzwischen achtzig geworden.

Ich habe bestimmt nicht alles erreicht in meinem Leben, was ich erreichen wollte. Ich habe auch nicht alles nachgeholt, was ich versäumt habe. Aber ich bin zufrieden geworden.

Während des vergangenen Jahres dachte ich mir manchmal, wenn mich einer meiner Freunde in den Armen hielt oder wenn mich am Morgen nach einer wilden Nacht mein ganzer Körper schmerzte, dass dies ein Augenblick für einen schönen Tod wäre.

Ich habe nie besonders große Angst vor dem Tod gehabt, und jetzt fürchte ich mich noch weniger davor. Ich glaube fest daran, dass wir Menschen eine Seele haben und dass diese Seele in unseren Körper eingekehrt ist, um ihn lebendig zu machen. Wenn es den Körper nicht mehr gibt, dann gibt es die Seele noch immer, und deshalb muss sie unsterblich sein.

Ich glaube, dass es einen Gott gibt und dass er, obwohl es so viel Leid auf der Welt gibt, gut ist. Er verursacht das Leid nicht. Die Erde gehört uns Menschen allein. Wir beugen sie unserem Willen und verantworten, was geschieht.

Wenn es eine Seele gibt und einen Gott, dann gibt es auch ein Leben nach dem Tod. Ich komme darauf, wenn ich logisch nachdenke, und ich komme auch darauf, wenn ich nur in mich hineinhöre. Ich bin schon achtzig Jahre alt, aber ich bin noch so unfertig, da gibt es noch so viele Erfahrungen, die ich zu machen habe, Dinge, die ich lernen und verstehen muss, dass ich einfach weiß: Die Zeit auf Erden, die ich dafür brauchen würde, bleibt mir auf keinen Fall. Deshalb weiß ich, dass es irgendwo anders weitergehen wird.

Ich weiß nicht, ob wir im Himmel noch Liebe machen, oder ob dann nur noch alles auf einer geistigen Ebene stattfindet. Wie immer es sein wird, ich hoffe, dass im Leben nach dem Tod jeder die Chance bekommt, glücklich zu werden. Auch die Kinder, die viel zu früh gestorben, und die Menschen, die ihr Leben lang unterdrückt worden sind.

Ich fände es schön, wenn das Leben nach dem Tod eines wäre, in dem sich jedem alle die Wünsche erfüllen, die keinem anderen schaden. Ein Leben, das zwar so irdisch wie möglich ist, aber ohne Schmerz, Gewalt, Krankheiten und Rücksichtslosigkeit.

Ich wäre nach meinem Tod gerne wieder jung und würde gerne noch einmal heiraten. Es ist mir egal, wie Gott es inszeniert, ob ich als Gleichaltrige mit Gerald zusammen bin oder mit meinem zweiten Mann, der dann kein brutaler Säufer mehr ist, sondern aufmerksam und liebevoll.

Ich bin mit meinem Leben nicht unzufrieden. Immerhin habe ich meine Kinder. Und jetzt habe ich auch noch meine drei Liebhaber. Aber ich weiß, dass ein Leben reicher sein kann, als es das meine gewesen ist. Ich weiß natürlich auch, dass es

Menschen gibt, die es um einiges schwerer hatten. Gott will bestimmt, dass jeder einmal ein reiches und glückliches Leben kennenlernt.

Normalerweise gehe ich nicht in die Kirche. Aber heute habe ich nach mehr als einem Jahr wieder Lust dazu. Ich will mir wieder dieses Bild ansehen, auf dem das Volk Israel der Sklaverei entkommt.

Sally

**Einmal Abgrund und zurück:
die wahre Geschichte einer Mutter**

Ein Haus, zwei Kinder, ein Hund: Elke Päsler führt ihr Leben mit ihrer kleinen Familie so, wie sie es sich immer erträumt hat. Doch in der Wirtschaftskrise verliert ihr Mann den Job und gibt innerlich auf. Der Schuldenberg wächst, die Ehe zerbricht, verzweifelt schreibt sie einen Abschiedsbrief. Erst im letzten Moment siegt ihr Lebenswille. Mit illegaler Prostitution bringt sie ihre Kinder durch und sinkt dabei immer tiefer. Bis sie eine neue Liebe auffängt und sie wieder zu so etwas wie Normalität findet.

Elke Päsler, Sally
ISBN 978-3-99001-024-2
www.edition-a.at

Bettina Haskamp

Alles wegen Werner

Roman

ISBN 978-3-548-28184-1
www.ullstein-buchverlage.de

Nach dreißig Jahren endet Claras Ehe mit einem Knall: Ehemann Werner wirft sie aus der Luxusvilla am Meer und verschwindet mit einer schönen Brasilianerin. Was Clara noch bleibt, sind Rotwein, Verzweiflung und ein übergewichtiger Hund. Kann es überhaupt ein Leben jenseits von Werner geben?
Ein herzerwärmender komischer Roman über eine Frau, die durch den größten anzunehmenden Unfall in ihrem Leben zu sich selbst findet.

»Ein bezaubernd witziger Roman!« *Lisa*

UB552

ullstein

Jutta Speidel / Bruno Maccallini

Wir haben gar kein Auto ...

Mit dem Rad über die Alpen

Mit vierfarbigem Bildteil. Originalausgabe

ISBN 978-3-548-37318-8
www.ullstein-buchverlage.de

Freiwillig mit dem Fahrrad von München nach Merano! In zehn Tagen und quer über die Alpen! Jutta Speidel und Bruno Maccallini scheuen keine Strapazen. Anfangs läuft alles gut, sie genießen die herrliche Landschaft, die freundlichen Menschen, das gute Essen der Regionen. Doch die Katastrophen lassen nicht lange auf sich warten: Die italienische Telefonitis nimmt ungeahnte Ausmaße an, und Jutta bekommt Hexenschuss. Dauerregen, Radpannen, kein freies Nachtquartier – Bruno hat keinen Bock mehr, die Berge hinaufzuradeln. Aber da prallt italienisches dolce far niente auf deutsche Disziplin und Gründlichkeit. Herrlich komisch erzählen Jutta Speidel und Bruno Maccallini von den absurden, anstrengenden, aber auch schönen Erlebnissen ihrer gemeinsamen deutsch-italienischen »Tour de Force«.